静斋随笔

李楚仁 著

暨南大學出版社
JINAN UNIVERSITY PRESS
中国·广州

写在前面的话

（代序）

中国文化源远流长、历史悠久。但随着社会的发展、科技的进步，不少人便有点顾不上老祖宗留下的这些东西了。

受父母的影响，我从小就喜欢古典文学。一九六一年我高中毕业，但因家庭成分的原因，高考落第。当时沮丧至极，万念俱灰，曾写过一首反映当时心境的诗：

问 月

千金殚已尽，屠龙技未成。
借问嫦娥女，伐桂可需人？

六二年我再次参加高考，由于政策调整，我被西南师范学院（西南大学前身）汉语言文学系录取。六六年毕业时又值文化大革命开始，还是由于家庭成分的原因，我被分配到当时极为贫穷落后的大巴山区工作。十七年后回到重庆，先后在沙坪坝教师进修学校、五十九中、上桥中学、重庆七中任教。

从重庆七中退休后不久，即被重庆人文科技学院聘为全职教师，在该学院下属的二级学院——管理学院负责大学语文、现代公文写作、演讲与口才等课程的教学。

德国著名教育家第斯多惠有一个著名的观点：教学的艺术不在于传授本领，而在善于激励、唤醒和鼓舞。

本着这种理念，我在讲课时尽量避免枯燥的讲解和空洞的说教。尽量把一些有助于学生思考、探索、回味的典故、传说甚至对联、谜语融入课堂讲授之中，目的在于激发学生的学习兴趣，唤醒学生的自我价值意识，鼓舞学生向更深的领域进行探索。学生对这样的教学方式很满意。

后来我想，何不把这些讲授内容写出来，发表出去，让更多的人受益呢？于是就陆陆续续写下了这十来篇姑且称为“文学小品”的文章，尽量把知识性、趣味性熔于一炉以飨读者，从而提高大家对中国文学的兴趣。

此次结集的十三篇文章中，有十二篇风格类似，亦庄亦谐，寓庄于谐，只有一篇，即《关于“非制也”之“非”的猜想》看似一篇正儿八经的学术论文，但也只不过是“猜想”而已，当不得真，因此也当游戏文字一并发表，以供一哂。

如果这些文章能让大家喜欢并因此为提高全民文化素质作出些许贡献的话，我于愿足矣。

自述

先生不知生于何年，亦无雅号令名。观其形貌，几近古稀，然察其心志又绝类而立。羡靖节为人，不慕荣利，吟风诵月，以为乐趣。曾到巴山工作十有七年，困顿潦倒，备尝艰辛。山芋红苕，经年不知肉味；迎客接友，身边常无酒钱。

山区不唯物资匮乏，文化亦极落后，一月方能吃一次米饭，一年方能看一次电影，先生亦不嗔不怨，不忮不求，潜心书画，自得其乐。一杯茶、一盏灯便足消磨永夜。尝改黄山谷诗句以状其情曰："桃李春风一杯茶，巴山夜雨十年灯。"

每有闲暇，则独自出游。或登山长啸，或临溪抚琴，静心以听虫鸣，仰卧以看云飞，由天地之和谐，悟人生之哲理，兴尽而返，忘怀得失。

及回重庆，忝列人患，虽处灯红酒绿之间，仍持冷眼旁观之态，繁华喧嚣，心远地偏，潜心自修，不与纷争。

先生曾为官数载，亦无政绩可碑，唯苦丝竹乱耳，案牍劳形。一日读板桥题竹诗："乌纱掷去不为官，囊橐萧萧两袖寒。写取一枝清瘦竹，秋风江上作钓竿。"甚喜，遂上表去职，自请为民。亦为诗曰："昨日心与朱绂远，今朝身入白屋贫。静心知足能常乐，闹嚷争血任由人。"又为诗云："亦诗亦棋亦丹青，剑为肝胆琴为心。常将笑眼看世界，漫藏胸中十万兵。"

先生行课，常无定法，幽默风趣，随意挥洒。总以激发为主，不以考分为意。对联谜语，频致听者捧腹；典故传说，常令学生入迷。

有学生曰："先生何不将课堂所讲作书发表以使多人受益？"先生深然其言。

假期闲暇，埋头书案，整理课堂所述，竟得十数余篇。一如课堂风格，无所拘束，亦庄亦谐，寓庄于谐。既非学术论文，又非通俗故事，不上不下，非驴非马，姑名之曰"文学小品"。

书斋喜静，故曰"静斋"，随性命笔，是为随笔。不揣鄙陋，冒昧付梓，献曝芹意，以飨读者。庶几能引起读者之兴趣，加深国民对中国文化之了解。果能如是，则于愿足矣。

目录

春笼杨柳柳含烟

柳是我国古代诗词中使用得较为频繁的意象之一，这恐怕得归功于柳树自身那旺盛的生命力。谚语云："有心栽花花不发，无心插柳柳成荫。"将一段柳枝往泥浆里一插，只要不缺水，即可成活。柳叶翠绿，柳枝柔软，春风摇曳，婀娜多姿。所以人们对柳特别青睐并竞相栽种，正如辛弃疾所说"东岸绿荫少，杨柳更须栽"（《水调歌头》）。陶渊明就曾因自己宅边有五棵大柳树而自号"五柳先生"。那时杨柳之多，远非现在可比。李商隐在《赠柳》一诗中曾描述道："章台从掩映，郢路更参差。"从京城长安到江陵泽国，处处是杨，遍地皆柳，可谓名副其实的"春风杨柳万千条"。

把柳树称作"杨柳"，这里还有一个典故。据说隋炀帝杨广开通京杭大运河以后，便乘坐龙舟到扬州去看琼花。这位荒唐的皇帝竟然用少女当纤夫，当他看到少女们在烈日曝晒下大汗淋漓的时候，却又生了恻隐之心，令人在运河两岸植树遮阴。由于柳树易栽易活，所以几乎是在一夜之间，运河两岸就栽满了柳树。隋炀帝一高兴，就赐柳树姓"杨"。关于隋炀帝在河流两岸植柳一事，白居易在其《隋堤柳》一诗中也有描述："大业年中炀天子，种柳成行夹流水。西至黄河东至淮，绿影一千三百里。大业末年春暮月，柳色如烟絮如雪。南幸江都恣佚游，应将此树映龙舟。”不过，赐柳姓杨一事也只是个传说而已，其实“杨柳”的叫法很早就有了，《诗经·采薇》里就有“昔我往矣，杨柳依依”的记载。不过，这个传说却给后人留下了无尽的作诗题材，李商隐的“于今腐草无萤火，终古垂杨有暮鸦”（《隋宫》），就是其中较为著名的句子。

柳叶狭长，所以常被用来形容女人的眉毛。白居易《长恨歌》有“芙蓉如面柳如眉”，王衍《甘州曲》有“柳眉桃脸不胜春”，李商隐《和人题真娘墓》也有“柳眉空吐效颦叶，榆荚还飞买笑钱”的句子。柳眉在古代一直被看作美眉，所以古代小说中往往用“一双丹凤眼，两弯柳叶眉”来写美女，形容美女发怒也是“柳眉倒竖，杏眼圆睁”。柳枝纤柔，又常被人用来形容女人的细腰。庾信《和人日晚景宴昆明池》：“上林柳腰细，新丰酒径多。”“人日”是农历正月初七，人们往往要在这天饮酒以示庆祝，官家酒宴更是美女如云，庾信在此用了借代手法，以“柳腰”代替美女。韩偓《频访卢秀才》：“药诀棋经思致论，柳腰莲脸本忘情。”脸如荷花，腰如柳枝，不正是美女的写照吗？白居易有两个小妾，一个叫樊素，一个叫小蛮，樊素口小，善歌；小蛮腰细，善舞。白居易作诗戏曰：“樱桃樊素口，杨柳小蛮腰。”（见孟棨《本事诗·事感》）现在人们把女人的细腰称作“小蛮腰”，其出处就在这里。至于“眉叶细，舞腰轻”（晏殊《诉衷情》）、“眉细从他敛，腰轻莫自斜”（李商隐《谑柳》），则更是人柳不分、柳人合一了。

柳易栽易活，本应是一个优点，但同时也成了她的一个缺点——太贱。因为柳经常用来形容女人，所以人们就把所谓的“贱”女人和柳也联系了起来，造就了许多轻薄词汇——花街柳巷、寻花问柳、摘柳攀花、残花败柳等等，甚至性病也叫“花柳病”。元代著名的大戏剧家关汉卿虽然饱读诗书，但由于统治者的民族歧视政策而得不到进身之阶，便如当世大多数找不到出路的知识分子一样狂傲放荡，以示反抗。他在一首套曲《南吕·一枝花·不服老》中毫无顾忌地描绘自己在妓馆的放荡生活：“攀出墙朵朵花，折临路枝枝柳。花攀红蕊嫩，柳折翠条柔。浪子风流。凭着我折柳攀花手，直煞得花残柳败休。半生来折柳攀花，一世里眠花卧柳。”这里面的“花”和“柳”指的便都是妓女。

正是因为将花和柳比作妓女，所以妓女所居之处便被称为花街柳巷。唐代的长安是一座十分繁华的城市，妓馆自然不少。其中有一条街叫“章台路”，因妓馆云集而名声大噪，是当时长安著名的红灯区。欧阳修在一首《蝶恋花》中，写一位独处深闺的少妇于暮春时节登楼盼望自己那在外游荡的丈夫归来：“玉勒雕鞍游冶处，楼高不见章台路。”就是以“章台路”来暗示女人的那位薄幸丈夫是逛妓院去了。

章台路上种满了柳树，因此，“章台”又可以代指柳树。唐代天宝年间，有一首《寒食》诗在京城流传很广：“春城无处不飞花，寒食东风御柳斜。日暮汉宫传蜡烛，轻烟散入五侯家。”作者就是诗人韩翃。韩翃认识了一个歌姬柳氏，韩翃有才，柳氏貌美，郎才女貌，相得甚欢。后来韩翃回老家清池县探望父母，柳氏一人留在长安。恰逢安史乱起，柳氏怕被乱兵所掳，便削发遁入尼庵隐身。数年后，唐王朝借助外族军队的力量，终于平定了安史之乱。蕃将沙咤利因平叛有功，被唐王朝封为将军。此人骄横跋扈，为所欲为。听说柳氏貌美，便抢回自己家里。这时，已在淄青节度使侯希逸帐下当书记的韩翃也回到了长安。他四处打听柳氏的下落，未果，情急之下，就写了一首诗，做成传单，四处散发。诗是这样写的：“章台柳，章台柳，昔日青青今在否？纵使长条似旧垂，亦应攀折他人手。”柳氏得到这首诗后，百感交集。但身陷牢笼，无法脱身。于是也写了一首诗：“杨柳枝，芳菲节，所恨年年赠离别。一叶随风忽报秋，纵使君来岂堪折。”让身边的侍女送出去散发。韩翃见诗后悲喜交集，四下打听，才知道柳氏已被沙咤利抢去，但自己无权无势，又怎么能和那位横行霸道的将军斗呢？他的心事被朋友许浚知道了。许浚是一位侠士，便设法把柳氏从沙宅弄出来还给了韩翃。韩翃高兴之余，想到沙咤利肯定不会善罢甘休，怕祸及许浚，便向自己的上司侯希逸禀报了此事。侯希逸一来同情韩、柳的遭遇，二来赞赏许浚的为人，便毅然上朝和沙咤利打了一场官司，结果胜诉，皇上做主，将柳氏判给了韩翃。这件事情使韩翃在皇上那儿留下了极深的印象。后来驾部郎中知制诰的位置出缺，皇上便点了韩翃出任此职。由于当时的江淮刺史也叫韩翃，韩翃便问传旨人是不是搞错了，传旨人说："我知道有两个韩翃，所以接旨时就问了'此旨传与哪个韩翃'，皇上当即说道：'春城无处不飞花，寒食东风御柳斜。'这不就是你吗？"

因为一个巧合，柳还和军营扯上了关系。汉代著名大将周亚夫曾经驻军在一个叫作"细柳"的地方，汉文帝亲自去犒军，竟然进不了军营，后经太监禀告，周才打开辕门，但还是要求皇上按辔徐行，随从不得喧哗。汉文帝不但没发火，反而称赞周亚夫治军严明。后来，人们就把纪律严明的军营称作"细柳营"或"柳营"。王维《观猎》"忽过新丰市，还归细柳营"，卢纶《送从叔程归西川幕》"群鹤栖蓬府，诸戎拜柳营"，以及温庭筠《经五丈原》"铁马云雕共绝尘，柳营高压汉宫春"即皆本此。正是因为如此，从那以后的将军们便大都喜欢在营帐里悬挂这样一副对联："柳营春试马，虎帐夜谈兵。"

但柳的大量入诗，还有一个重要原因，就是"柳"和"留"谐音。中国人喜欢搞谐音的文字游戏，画一枝莲花，再画一条鱼，就代表"连年有余"；结婚时往新人床上撒些枣子、花生和桂圆，就表示"早生贵子"。因为话语吉祥，历史悠久，所以人们至今仍然乐此不疲。

古人在分别的时候，往往把柳当作想把对方"留"住的象征而折柳枝相送。隋无名氏的一首《送别》诗就说明了这种习俗："杨柳青青著地垂，杨花漫漫搅天飞。柳条折尽花飞尽，借问行人归不归?"行人也希望留下来，所以也总是要求送行者"水边杨柳曲尘丝，立马烦君折一枝"。也就是这种习俗使得诗人们在写送别诗词时，总爱带上一个柳字。如"玉惨花愁出凤城，莲花楼下柳青青"（聂胜琼《鹧鸪天》）；"渭城朝雨浥轻尘，客舍青青柳色新"（王维《送元二使安西》）；"春风知别苦，不遣柳条青"（李白《劳劳亭》）；"绿槐烟柳长亭路，恨取次，分离去"（惠洪《青玉案》）。

晚唐时，尚书左丞韦蟾查访鄂州（今湖北武昌）。离去时，当地官员设席饯行。席间，韦蟾集《楚辞》句作了两句诗"悲莫悲兮生别离，登山临水送将归"，请在座的官员接续。正在众人思索之时，座间一位歌妓却朗声吟道："武昌无限新栽柳，不见杨花扑面飞。"此诗不仅以"柳"喻"留"，而且时间、地点、环境、氛围皆一起点出，实在是好句。宋时晏殊《踏莎行》中的名句"春风不解禁杨花，蒙蒙乱扑行人面"即是从武昌妓那两句诗点化而来。

晏几道在一首《鹧鸪天》中描写了一对恋人即将分别，难舍难分之际，多情女子为自己心爱之人歌舞通宵。其中有一联名句："舞低杨柳楼心月，歌尽桃花扇底风。"这里之所以不选其他的树木，偏偏选了杨柳，也是暗含想要将对方留住的意思。

雍裕之有一首《江边柳》："袅袅古堤边，青青一树烟。若为丝不断，留取系郎船。"这诗很有创意。一般人赠柳，也就只是表达一个想要留住的意思，这儿却是要用柳丝当绳子用，而且不只是拴住人，还要连船带人一起拴住！

到后来，不仅是想挽留的时候用柳，而且写春情和离别后的思念之苦也要带上一个柳字，"柳"简直成了"情"的代名词。王昌龄《闺怨》诗写道："闺中少妇不知愁，春日凝妆上翠楼。忽见陌头杨柳色，悔教夫婿觅封侯。"春、柳、情，由春及柳，由柳及情，柳丝即是情丝了。当然，最著名的还要算柳永的那句"今宵酒醒何处？杨柳岸晓风残月"（《雨霖铃》）了。在诗人眼中，那婀娜柳枝竟然"条条尽是离人怨"（张先《蝶恋花》），柳树有知，不知当作何感想？借柳相留，只不过是送行者的主观愿望而已，其实去者自去，又哪里留得住呢！罗隐在他的《柳》诗中就说："自家飞絮犹无定，争解垂丝绊路人。"晏殊也是个明白人，他在《踏莎行》中也说："垂杨只解惹春风，何曾系得行人住？"尽管如此，人们为了表达自己的情思，仍然年复一年地上演着折柳的悲剧，正如施肩吾《折杨柳》一诗所说："伤见路旁杨柳青，一重折尽一重新。"这样一来，柳树可就吃了大亏了。柳永在《少年游》里就感叹道："衰杨古柳，几经攀折，憔悴楚宫腰。"周邦彦在《兰陵王》中也说："长亭路，年去岁来，应折柔条过千尺。"所幸柳的生命力极强，虽经如此摧残，仍然顽强地活了下来，否则，我们今天怕是见不到她的丰姿了。

每至严冬乍退，春回大地，“绿杨阴外晓寒轻”的时候，花蕾初绽，柳枝低垂，丛丛簇簇，如云如烟，正如史达祖《绮罗香》所云：“做冷欺花，将烟困柳，千里偷催春暮。”又如苏颋《奉和春日幸望春宫应制》一诗所云：“东望望春春可怜，更逢晴日柳含烟。”那情那景，实在令人心旷神怡！所以，诗人们往往把“烟”和“柳”联系在一起入诗。如“庭院深深深几许？杨柳堆烟，帘幕无重数”（欧阳修《蝶恋花》）；“灞桥烟柳，曲江池馆，应待人来”（陆游《秋波媚》）；“栏杆外，烟柳弄晴，芳草侵阶映红药”（张元干《兰陵王》）；“烟柳有情开不尽，东风约定年年信”（王安中《蝶恋花》）；“小雨廉纤风细细，万家杨柳青烟里”（朱服《渔家傲》）；“宝钗分，桃叶渡，烟柳暗南浦”（辛弃疾《祝英台近》）。柳如烟，烟笼柳，隐隐约约，朦朦胧胧，可以收到一种极佳的审美效果，所以，柳永要把“烟柳”作为一大特点来形容杭州之美：“烟柳画桥，风帘翠幕，参差十万人家。”（《望海潮》）而韩愈早就把“烟柳”视为京城的一大景观了：“天街小雨润如酥，草色遥看近却无。最是一年春好处，绝胜烟柳满皇都。”（《早春呈水部张十八员外》）

清词丽句总为情

——《诗经》中的爱情诗

不论古今中外，爱情总是文学作品中一个永恒的主题。诗是一种相当情绪化的文学形式，因而也就成了歌唱爱情的最好载体。

中国是一个诗的国度。在上下五千年的文明史中，我国的诗歌不仅在数量上为世界之冠，而且就其反映生活的广度、思想认识的深度、艺术成就的高度来看，也很少有国家能够与之比肩。而在这些浩如烟海的诗歌当中，情诗更是一丛瑰丽无比、鲜艳夺目的奇葩。

翻开我国第一部诗歌总集《诗经》，第一首《关雎》就是描写爱情的：

关关雎鸠，在河之洲。窈窕淑女，君子好逑。
参差荇菜，左右流之。窈窕淑女，寤寐求之。
求之不得，寤寐思服。悠哉悠哉，辗转反侧。
参差荇菜，左右采之。窈窕淑女，琴瑟友之。
参差荇菜，左右芼之。窈窕淑女，钟鼓乐之。

这首诗所表现的是一位男子一边劳动一边在思念他的女友。这种思念是那样执着、那样深沉，以致到了日思夜想、难以成眠的地步。他的爱是真诚无私的，在他那纯朴的心田里，他没有过多地考虑自己，而是在想如何让对方高兴和快乐，这使我们想起了现代的一句名言：“爱一个人并不是为了得到，而是为了让对方更加快乐和幸福。”这种恋爱观竟然在两千多年前的中华民族民间就已经有了深刻的展示，这不能不说在古老的中华文化中，精神文明不仅历史悠久，而且已经发展到了相当高的水平。

《毛诗序》说：“《关雎》，后妃之德也，风之始也，所以风天下而正夫妇也。”其中，前一个“风”字为风的本义，后一个“风”字则假借为“讽”，即不正面说，而是绕着弯说。其实，《毛诗序》的说法未免牵强，失之迂腐。从字面上看，笔者是一点也看不出什么“后妃之德”，只看见一个男子一边劳动，一边思念他心仪的女子，并想象着如果在一起时，如何让她高兴，这和“后妃之德”可以说是风马牛不相及。《诗经》有《风》、《雅》、《颂》三部分，在一百六十篇《风》诗中，有相当大一部分与爱情有关。之所以叫作“风”，大概是因为与情爱有关吧，对“风马牛不相及”一语中“风”字的解释，就正好能说明这个问题。对“风”的解释有多种，但笔者还是同意孔颖达的见解：“曰马牛牝牡相诱而不及也。”《现代汉语词典》在“风马牛不相及”词条下，对“风”的解释是“雌雄相引诱”（《现代汉语词典》第6版第389页），笔者赞成这种说法。其实，“风骚”、“风流”、“争风吃醋”中的“风”都含有这层意思。孔子说“食色，性也”，就是说吃饭和性欲是人的两大基本需求，因此，谈情说爱是非常正常的现象，用不着遮遮掩掩，正是因为如此，孔子才说：“诗三百，一言以蔽之，曰思无邪。”

《诗经》对爱情的描写是多角度、多层次、多方位的，就是相思也不仅仅局限于男子，对女子的相思同样也有描述：

彼狡童兮，不与我言兮。维子之故，使我不得餐兮。
彼狡童兮，不与我食兮。维子之故，使我不得息兮。

（《郑风·狡童》）

一个女子思念一个男子到了食不甘味、睡不安寝的地步，这是一种何等刻骨铭心的爱啊！这种爱有时表现得相当大胆，相当泼辣：

子惠思我，褰裳涉溱。子不我思，岂无他人？
狂童之狂也且！
子惠思我，褰裳涉洧。子不我思，岂无他士？
狂童之狂也且！

（《郑风·褰裳》）

这是一个女子对河对岸的情人所唱的歌，第一段翻译成现代汉语就是：你既然那样想念我，就该提起衣裳涉水过溱河，如果你不想念我，难道就没有其他的人来追我了吗？傻哥哥呀傻哥哥！这种爱是何等的朴实大胆，又是何等的酣畅痛快！

这种相思有时用一种夸张的形式表达出来，不仅显得更加深沉，而且更加缠绵悱恻：

彼采葛兮，一日不见，如三月兮。
彼采萧兮，一日不见，如三秋兮。
彼采艾兮，一日不见，如三岁兮。

（《王风·采葛》）

我们今天常说的“一日不见如隔三秋”，其源头就在这里。

如果说思念是一种痛苦的话，那么等待则是一种甜蜜：“静女其姝，俟我于城隅。爱而不见，搔首踟蹰。”尽管等得抓耳挠腮，但他却不会离开，因为他知道爱情往往是对耐心的一种考验。果然，他的执着得到了回报，心上人不仅来了，而且给他带来了漂亮的礼物：“静女其娈，贻我彤管。彤管有炜，说怿女美。”（《邶风·静女》）

爱情信物的赠送往往是相互的，这在《诗经》里也有所反映：

投我以木瓜，报之以琼琚。匪报也，永以为好也。
投我以木桃，报之以琼瑶。匪报也，永以为好也。
投我以木李，报之以琼玖。匪报也，永以为好也。

（《卫风·木瓜》）

木桃、木李等水果和琼琚、琼瑶等美玉在价值上是不能相提并论的，但是，在它们被当作爱情信物相互交换的时候，它们的价值外衣就被深深相爱的男女双方不屑一顾地剥去而只留下了爱情的内核。爱情超越了金钱，这又是何等高尚的价值取向！何等高尚的恋爱观！

正是因为有了这样的价值取向，所以他们对爱情的追求大胆而热烈，几乎没有什么力量可以阻挡。为了真挚而自由的爱，他们甚至可以采取“私奔”的极端方式来与世俗相对抗：

大车槛槛，毳衣如菼。岂不尔思？畏子不敢。
大车啍啍，毳衣如璊。岂不尔思？畏子不奔。
谷则异室，死则同穴。谓予不信，有如皦日。

（《王风·大车》）

一个女子不仅要求对方带她私奔，而且发出“生不同床死同穴”的誓言，世界上还有什么力量可以阻挡这样的爱情呢？

《诗经》中的爱情诗，在艺术上已经达到了一个相当高的高度。脍炙人口的《秦风·蒹葭》就是这种高度艺术成就的一个代表：

蒹葭苍苍，白露为霜。所谓伊人，在水一方。
溯洄从之，道阻且长。溯游从之，宛在水中央。
蒹葭萋萋，白露未晞。所谓伊人，在水之湄。
溯洄从之，道阻且跻。溯游从之，宛在水中坻。
蒹葭采采，白露未已。所谓伊人，在水之涘。

溯洄从之，道阻且右。溯游从之，宛在水中沚。

苍苍芦苇，茫茫白露，漫漫水洼，绵绵情思。幽静雅致的场景和深沉执着的爱意结合得是那样的融洽和谐，使人如处梦幻，如入仙境，一切的尘俗杂念都被荡涤得干干净净，爱情升华到了一个至高无上的境界。作者如果不是一个极懂得爱的真谛、会品尝爱的滋味的男人，是绝对吟不出如此美妙的好诗的！

但是，爱情不是大白菜，想买就能买。《郑风·将仲子》就把这种爱的烦恼生动地描绘了出来：

将仲子兮，无逾我里，无折我树杞。岂敢爱之？
畏我父母。仲可怀也，父母之言亦可畏也。
将仲子兮，无逾我墙，无折我树桑。岂敢爱之？
畏我诸兄。仲可怀也，诸兄之言亦可畏也。
将仲子兮，无逾我园，无折我树檀。岂敢爱之？
畏人之多言。仲可怀也，人之多言亦可畏也。

一个男子（仲子）经常翻墙去和情人幽会，在翻墙时，总是会不小心把墙边的杞、桑、檀树的树枝折断，引起了父母、诸兄和邻人的注意，所以女孩就求男子不要再翻墙了，不要再弄断那些树枝了，我不是可惜那些树，我是怕被别人发现，我很爱你，但是人言也可畏呀。

在经过“寤寐求之”的思念、“搔首踟蹰”的等待和人言可畏的烦恼之后，真诚的执着之花终将结出甜美的爱情之果。婚姻就成了爱情发展的最高形式和必然结果。诗人又用最大的热情和最美的辞藻对结婚场面进行了描述，并给予新人最美好的祝愿：

桃之夭夭，灼灼其华。之子于归，宜其室家。
桃之夭夭，有蕡其实。之子于归，宜其家室。
桃之夭夭，其叶蓁蓁。之子于归，宜其家人。

（《周南·桃夭》）

但是，婚姻并不总是和谐的，家庭也并不总是美满的。而在男权社会中，婚姻的不和谐与家庭的不美满所造成的一切不幸与苦难都必须由女性那柔弱的双肩承担起来。正如恩格斯在《家庭、私有制和国家的起源》一文中所说：“在历史上出现的最初的阶级对立是同个体婚制下的夫妻间对抗的发展同时发生的，最初的阶级压迫是同男性对女性的奴役同时开始的。”作为中国现实主义文学滥觞的《诗经》，不可能会对如此重大的社会现实无动于衷。《王风·中谷有蓷》就是一首被遗弃的女人的哀怨之歌，现将该诗及金启华、朱一清、程自信等人的精彩译文（《诗经鉴赏辞典》，安徽文艺出版社，2006 年，第 2 版）并录于下以供读者参考和欣赏：

中谷有蓷，	有棵益母草长在山畔，
暵其干矣，	蔫蔫地都快干枯折断，
有女仳离，	有个女子遭遗弃离散，

嘅其叹矣。	恨恨地一声声长长哀叹。
嘅其叹矣，	恨恨地一声声长长哀叹，
遇人之艰难矣！	嫁个好人竟是难上又难！
中谷有蓷，	有棵益母草长在山畔，
暵其脩矣，	蔫蔫地都快干枯发烂，
有女仳离，	有个女子遭遗弃离散，
条其啸矣。	哀哀地一声声长长呼叹。
条其啸矣，	哀哀地一声声长长呼叹，
遇人之不淑矣！	嫁个好人竟是横遭灾难！
中谷有蓷，	有棵益母草长在山畔，
暵其湿矣，	蔫蔫地都快枯萎朽烂，
有女仳离，	有个女子遭遗弃离散，
啜其泣矣。	嘤嘤地一滴滴泪珠暗弹。
啜其泣矣，	嘤嘤地一滴滴泪珠暗弹，
何嗟及矣！	悔恨莫及呀空有长叹！

现在我们把女人嫁给一个品行不好的男人称为“遇人不淑”（淑者，善也），就是出自这首诗。

《诗经》中反映爱情悲剧的作品何止这一篇！《卫风·氓》就是其“相机中最为珍贵的镜头之一”。

《氓》是一首叙事诗，女主人公是一位热情、温柔的姑娘。诗歌通过女主人公的回忆进行叙事和抒情，在回忆中又采用了对比的手法，对“氓”的虚伪进行了无情的揭露与鞭挞。女主人公用极富层次的回忆展开了其爱情悲剧的全过程。“氓之嗤嗤，抱布贸丝。匪来贸丝，来即我谋。”小伙子表面的憨厚打动了女主人公，在“尔卜尔筮，体无咎言”之后，她毫不犹豫地带上自己的嫁妆跟他走了，而一场爱情悲剧也就此拉开了序幕。嫁到男家以后，尽管过着“自我徂尔，三岁食贫”的清苦日子，但女主人公仍然一如千千万万的家庭妇女一样，任劳任怨地承担起了全部的家务劳动：“三岁为妇，靡室劳矣。夙兴夜寐，靡有朝矣。”但是女主人公的辛勤换来的却是男主人公的粗暴：“言既遂矣，至于暴矣。”对于男主人公由原来的“信誓旦旦”变成现在的“二三其德”，女主人公不仅无力改变现状，甚至连苦痛都无处诉说。“兄弟不知，咥其笑矣”，不仅社会不能理解，就连家人也不会把同情的天平朝女方倾斜。这就是当时的无情现实！在这样的现实情况之下，女主人公除了“静言思之，躬自悼矣”、“反是不思，亦已焉哉”之外，还有其他的办法可以解脱吗？

数字入诗韵味长

随手翻开唐诗、宋词、元曲等，你就会发现一个有趣的现象：不少的诗词作品中都嵌着数字，有时想找一首不含数字的诗句，还要多翻几页才行。

翻开唐诗，随处可看到诗句中的数字。如卢照邻的《长安古意》：

南陌北堂连北里，五剧三条控三市。

王勃的《别薛华》：

悲凉千里道，凄断百年身。

杨迥的《从军行》：

宁为百夫长，胜作一书生。

刘希夷的《代悲白头翁》：

一朝卧病无相识，三春行乐在谁边。

沈佺期的《独不见》：

九月寒砧催木叶，十年征戍忆辽阳。

杜甫的《南邻》：

秋水才深四五尺，野航恰受两三人。

又翻开宋词，有李煜的《破阵子》：

四十年来家国，三千里地山河。

柳永的《望海潮》：

有三秋桂子，十里荷花。

晏殊的《浣溪沙》：

一曲新词酒一杯，去年天气旧亭台。

欧阳修的《朝中措》：

文章太守，挥毫万字，一饮千钟。

叶清臣的《贺圣朝·留别》：

三分春色二分愁，更一分风雨。

苏轼的《水调歌头》：

一点浩然气，千里快哉风。

再翻开元曲，有元好问的《喜春来·春宴》：

春盘宜剪三生菜，春燕斜簪七宝钗。

胡祗遹的《阳春曲·春景》：

一帘红雨桃花谢，十里清阴柳影斜。洛阳花酒一时别。

严忠济的《天净沙》：

宁可少活十年，休得一日无权。大丈夫时乖命蹇，有朝一日天遂人愿，赛田文养客三千。

鲜于枢的《八声甘州》：

群鸦噪晚千万点，寒雁书空三四行。

为什么数字会被如此大量地引入诗词之中呢？这是因为那些看似平凡枯燥的数字，一旦和量词、名词、动词等结合，就具有了相当广泛而准确的表现力，能够担当起一些较为复杂的情感和场景的表述描写任务。

比如杜甫的《绝句》："两个黄鹂鸣翠柳，一行白鹭上青天。窗含西岭千秋雪，门泊东吴万里船。"诗中的数字均有很重要的作用。由于黄鹂总是成双成对，而白鹭总是成行飞行，因此，"两个"和"一行"正好把黄鹂和白鹭的特点描述了出来。"千秋"是指时间的古老，暗示国家的命运将千秋万代，不会因为安禄山的叛乱而夭折，"万里"则指路途的遥远。当时恰逢安史之乱被平定，黄鹂成双鸣叫，表现了诗人喜悦的心情；万里航船可行，则暗示了社会的安定。

李白的《襄阳歌》为了表达自己纵酒行乐的旷达胸怀，也运用了一串数字："百年三万六千日，一日须倾三百杯。"这两句诗的意思很明白，就是人生一辈子应该每天都喝很多酒。而数字的运用，特别是"三百杯"的夸张用法，更是很好地表达了作者对人生、对世事的深刻理解。用夸张的数字来状物抒情，在李白的诗中可谓俯拾皆是，比如“白发三千丈，缘愁似个长”（《秋浦歌》）；“飞流直下三千尺，疑是银河落九天”（《望庐山瀑布》）；“海水直下万里深，谁人不言此离苦”（《远别离》）；“金樽清酒斗十千，玉盘珍馐值万钱”（《行路难》）；“桃花潭水深千尺，不及汪伦送我情”（《赠汪伦》）；“尔来四万八千岁，不与秦塞通人烟”（《蜀道难》），等等。

由于律诗讲究对仗，所以，数字在诗中也大多以对偶的形式出现。数字相对有时是很难的。清末时，梁启超去拜见驻守江夏（即武昌）的两江总督张之洞，张知梁学问超群，便出一对联让他接续：“四水江第一，四时夏第二，先生居江夏，谁是第一？谁是第二？”这副对联里的数字对起来难度极高，特别是“第一”“第二”两个序数词，张是在问他们俩谁强谁弱。如果用数字相对几乎不可能。于是梁略一思索便对道：“三教儒在前，三才人在后，小子本儒人，何敢在前？何敢在后？”梁巧妙地以“在前”“在后”与“第一”“第二”相对，意思是我不敢说比你强，但我也不承认比你弱，不卑不亢，高明之极。

律诗中以数字相对的情况相当多，如张祜的《宫词》：

故国三千里，深宫二十年。
一声何满子，双泪落君前。

“三千里”指离家之远，“二十年”则指入宫之久，“一声”即引出“双泪”，可见宫女心中苦痛之深。杜牧当时就很欣赏这首诗，称赞道：“可怜故国三千里，虚唱歌辞满六宫。”（《酬张祜处士见寄长句四韵》）

据说当年张祜曾经以此诗寄给当时任杭州刺史的白居易以行卷（即寄上一篇作品，希望对方推荐自己参加科考）。与此同时，徐凝也寄了一首《忆扬州》给白居易：

萧娘脸薄难胜泪，桃叶眉长易觉愁。
天下三分明月夜，二分无赖是扬州。

巧的是，两首诗都使用了数字，结果白居易选中了徐凝的诗。为此，杜牧写了一首《登九峰楼寄张祜》替张祜打抱不平。

其实，两首诗各有千秋，徐凝的诗明明是在思念一个女子，却着力写扬州，其意是扬州的月色如此美好，却让我感到十分无奈，原因很简单：因为没有你！扬州有一个别称叫作“二分明月”，就是源自徐凝这首诗。后来，苏轼在其咏杨花的名篇《水龙吟》中有“春色三分，二分尘土，一分流水”之句，其构思也是来源于徐凝的创意。

此外如：

欲穷千里目，更上一层楼。

（王之涣《登鹳雀楼》）

千山鸟飞绝，万径人踪灭。

（柳宗元《江雪》）

风鸣两岸叶，月照一孤舟。

（孟浩然《宿桐庐江寄广陵旧游》）

一身转战三千里，一剑曾当百万师。

（王维《老将行》）

三顾频烦天下计，两朝开济老臣心。

（杜甫《蜀相》）

一身报国有万死，双鬓向人无再青。

（陆游《夜泊水村》）

以上都是十分工稳的数字对偶的例子（古诗词中的“再”字往往有双重含义，既可以当“再一次”讲，又可以当作“二”与其他数字相对）。

数字入诗，有时层层递进、回环往复，更有助于思想情感的表达。如张可久的《天净沙·春情》：

一言半语恩情，三番两次叮咛，万劫千生誓盟。柳衰花病，春风何处莺莺。

曲中的数字层层递进，把一个弃妇对负心人那种既留恋又怨恨的矛盾心态刻画得淋漓尽致。

又如徐再思的《水仙子·夜雨》：

一声梧叶一声秋，一点芭蕉一点愁，三更归梦三更后。落灯花，棋未收，叹新丰孤馆人留。枕上十年事，江南二老忧，都到心头。

这支曲子表达的是雨夜思亲，由于运用了数字的回环复沓，一种单调寂寞之情便油然而生，感染力极强，收到了很好的表达效果。

数字入诗，有时还相当有情趣。传说清乾隆年间的四川才子李调元因才气纵横而为时人所重。一次在杭州与当地的六位秀才泛舟西湖，欢饮达旦。那六位秀才有点不服李调元，便想为难他，要求他把从一到十的十个数字按顺序写到一首诗中。李调元笑了笑说："一数大乔二小乔，三寸金莲四寸腰。买上五六七包粉，打扮八九十分娇。"（一说为"一去二三里，烟村四五家。亭台六七座，八九十枝花"，但不如前诗更切合江东实际，录此以供欣赏）诗虽然意义不大，但应时应景，也还算不错。可那六位秀才心里还是不服，又要求他把十个数字按倒序作一首诗。李这时感到有点为难了，他望着天上水中两轮明月沉吟起来。月色清辉可爱，可惜月已不圆，便随口问道："今天十几了?"答曰："十九。"李心中一动，才思涌现，便朗声吟道："十九月亮八分圆，七个才子六个癫。五更四点鸡三唱，怀抱二月一枕眠。"此诗不仅倒着嵌入十个数字，而且情趣盎然，终于让那六位仁兄佩服得五体投地。

西汉时，成都才女卓文君也有一段数字入诗的佳话。

相传西汉时，成都有一个富商卓王孙，其女卓文君才貌双全，可惜出嫁才一年，丈夫就病故了。这时卓文君才十八岁，卓王孙就想再招一个女婿并亲自考查。

成都才子司马相如是一饱学之士，但由于家境贫寒，无人引荐（当时还没有科举制度），一直落拓在家。闻听此讯，兴奋异常，抱着一张瑶琴就去了卓家。座间，司马相如侃侃而谈，应对如流，还即席展示了才艺，弹了一曲《凤求凰》，同时高歌：

凤兮凤兮归故乡，四海遨游求其凰。
时未遇兮无所将，何悟今兮升斯堂。
有艳淑女在闺房，室迩人遐毒我肠。
何缘交颈为鸳鸯，胡颉颃兮共翱翔。
凰兮凰兮从我栖，得托孳尾永为妃。
交情通意心和谐，中夜相从知者谁？
双翼俱起翻高飞，无感我思使余悲。

卓王孙很欣赏司马相如的才华，但嫌他家贫如洗，又无官无职，因此没有答应。谁知，考核时，卓文君一直在帘后偷窥，见司马相如一表人才，又才艺超群，早就心许了。一见父亲没有同意，便心急如焚，知道求也没用，不如私奔。幸好在考查时，她已知道司马相如的住处，于是收拾了几件衣物连夜跑到相如家敲门。相如开门一见，惊问道：“你是谁？”“我就是卓文君。”“那你……”“你今天不是来向我求婚吗？”“是的，是的，可是你父亲没有同意。”“父亲没有同意，我同意了。”相如大喜过望，赶紧邀其进屋。两人想，明天卓王孙发现女儿不见了，一定会派人寻找，也肯定会找到这儿来，于是连夜雇车逃到了成都西面的一座小县城——临邛。

为了生计，两人就在县城里开了一间小酒馆，文君当垆，相如则着一犊鼻裈（就是围裙）跑堂。一对俊男美女开酒馆，这在小县城来说，是一件大新闻。消息很快就传到了成都，卓王孙一猜就是他俩，赶紧派人把他们捉了回来。卓王孙本想告官，但有人劝道："家丑不可外扬，再说司马相如也不是久居人下之人，不会辱没你们卓家。"卓王孙一想也对，于是就同意了这门婚事。

婚后，两人琴瑟和谐，相敬如宾，过得倒也美满幸福。但是，作为一个饱学之士，司马相如还是抑制不住步入仕途的梦想。他托一位在汉武帝身边当狗监（替皇上管猎狗的小官）的同乡杨得意（王勃《滕王阁序》"杨意不逢，抚凌云而自惜"中的"杨意"指的就是这位杨得意）给汉武帝送去一篇吹捧文章《上林赋》，好大喜功、喜听颂歌的汉武帝一见十分高兴，就召相如进京当了文学侍臣。相如入京后，一方面忙于应酬，一方面忙于表现，几年之间竟然没有回过成都。

丈夫久去不归，卓文君思念至极，便作了一首数字诗寄给他："一自离别，二地相悬，只说三四月，谁知五六年。七弦琴无心弹，八行书无可传，九连环从中折断，十里长亭相望眼欲穿。百般思，千般念，万般无奈把郎怨，万语千言说不完，百无聊赖十依栏。九月登高望孤雁，八月中秋月圆人不圆。七月半烧香祷苍天，六月里人人摇扇我心寒。五月榴花如火遇冷雨，四月枇杷未黄对镜心烦乱。三月桃花随流水，二月里风筝线儿断。噫，郎呀郎，巴不得下一世，你为女来我为男！”全诗从一数到万，又从万数到一，虽受数字所限，但仍然凄婉动人，感人至深。据说，司马相如见诗后，惭愧不已，立即把卓文君接到了自己身边，相伴终生。杜甫在《琴台》一诗中对他们的忠贞爱情给予了热情的歌颂：“茂陵（指司马相如）多病后，尚爱卓文君。酒肆人间世，琴台日暮云。野花留宝靥，蔓草见罗裙。归凤求凰意，寥寥不复闻。”其实他们的爱情之所以能始终不渝，正是文君用一首数字诗换来的。

桃花依旧笑春风

每当春回大地，和风拂煦，“桃之夭夭，灼灼其华”的时节，笔者都要去看桃花。

笔者爱桃花，但说不上理由，大概是因为她的随和与质朴吧。只要是春季，只要你走进农村，不管是田边地角还是房前屋后，几乎随处可见她的倩影。

桃树在我国的种植历史悠久，《诗经·魏风》中就有一篇《园有桃》。《国风·召南·何彼襛矣》中称赞王姬美丽时，也说她“华如桃李”。可见，那时不仅桃树种植很普遍，而且桃花也总被人们当作美的象征。所以，自古以来，有关桃树桃花的故事、诗词以及成语都是极为丰富的。每次站在桃树下，看着那粉妆玉琢、艳而不妖的桃花，笔者总会想起很多很多。

桃花艳丽，所以人们形容美丽的女人时总是说她“艳若桃李”。春秋时，息国国君的夫人息妫(“妫”读“guī”。“妫”是息夫人的姓，她是陈国的公主，其姐姐先嫁到蔡国，称为“蔡妫”，她嫁到了息国，所以称为“息妫”）由于艳丽非常，所以被人们称作“桃花夫人”。毗邻的蔡国与息国有矛盾，蔡国国君就到南方大国楚国去挑拨离间，并说息妫如何如何漂亮。好色的楚王如何听得这个？于是就发兵灭掉了息国。桃花夫人在国家灭亡之后，被楚王掳去做了夫人。桃花夫人虽然替楚王生了两个儿子（堵敖和楚成王），但是直到去世她都没有过一丝笑容，也没有主动和楚王说过一句话。后人为其不幸和无言的反抗方式所感动和叹惋，所以专门建立了“桃花夫人庙”以示纪念。王维还为此写过一首《息夫人》表示叹惋：“莫以今时宠，能忘昔日恩。看花满眼泪，不共楚王言。”后来，杜牧也写了一首诗从不同的角度对息夫人作出不同的评价：

细腰宫里露桃新，默默无言几度春。
至竟息亡缘底事？可怜金谷坠楼人。

（杜牧《题桃花夫人庙》）

因为楚王好细腰，所以楚王宫被称为“细腰宫”。第一、二句是说，楚宫里新近来了一位艳如桃花的美人，这位美人在楚宫几年都不说话。第三句笔锋一转，问道：究竟息国灭亡是因为什么事？言外之意就是：还不是你息妫的美貌引来的祸灾。第四句则直接对息妫进行了指责，但又没有明说，而是借绿珠跳楼一事婉转说出。绿珠是晋代富豪石崇的侍妾。绿珠不仅美丽动人，而且聪慧异常。一位官员孙秀看上了绿珠，向石崇讨要，但石崇不肯给，孙秀就罗织罪名构陷石崇。当孙秀带兵到石崇所住的金谷园来抓石崇时，绿珠知道此事是因为自己而起，使跳楼自杀，致使孙秀的企图落空。很明显，杜牧是借绿珠一事指责息妫：国破之时就应该自杀，后来不说话有什么用！杜牧这一观点是对是错，笔者相信读者自会评判。

古代水果品种还不是太多，桃李是主要的水果。那时的农村几乎每家每户屋前屋后都要种上几株桃树和李树，就连大诗人陶渊明也不例外，“桃李罗堂前，榆柳荫后檐”（《归园田居》）。大多数人家不仅屋前屋后，就连水井边也种了桃李，“桃生露井上，李树生其旁。虫来啮桃根，李树代桃僵”（《乐府诗集·鸡鸣》）。成语“李代桃僵”就是从这儿来的。正是因为桃树的种植十分普遍，所以陶渊明在其构想的理想社会名篇——《桃花源记》中用桃花林作为引子：“晋太元中，武陵人捕鱼为业。缘溪行，忘路之远近。忽逢桃花林，夹岸数百步，中无杂树，芳草鲜美，落英缤纷。渔人甚异之，复前行，欲穷其林……”

春秋时，还有一则以桃为主角的令人叹惋的故事。据《晏子春秋·内篇·谏下第二十四》记载，齐景公时，齐国有三位勇士：公孙接、田开疆、古冶子。三人皆以勇力闻名，但是都居功自骄，桀骜不驯。晏子向景公建议，应该除掉三人，否则会给国家造成危害。景公却担心三人皆十分强悍，怕打虎不成反被虎伤。晏子说，那好办，请大王给我两只桃子。第二天上朝时，晏子拿出两个桃子说，这是外邦进贡给大王的桃子，大王舍不得吃，想要奖赏给功劳最大的大臣，现在请大家叙功。晏子早就摸准了三人的脾气，知道他们肯定会出来争功的。果然，公孙接首先出来叙说了自己的功劳。晏子说，不错，你的功劳果然很大，应该吃桃子。说完就给了公孙接一只桃子，公孙接很骄傲地接过桃子吃掉了。田开疆接着站出来叙说了自己的功劳。晏子说，你的功劳也很大，也应该吃桃子。说完，把第二只桃子给了田开疆，田开疆也很骄傲地接过桃子吃掉了。这时，古冶子站了出来，也当众叙说了自己的功劳。晏子说，看来，你的功劳最大，最应该吃桃子，但可惜已经没有桃子了。公孙接和田开疆也认为古冶子的功劳比他们两人的功劳要大，于是对看了一眼，说："最该吃桃子的没吃上，我们俩功劳不及他，却把桃子吃了，我们还有什么脸面活在世上?"说完拔出宝剑自杀了。古冶子一看，说："为了吃桃子，我竟然逼死了两位兄弟，我还活着干吗?"他也拔出宝剑自杀了。这就是著名的"二桃杀三士"的故事。看来，只有勇力而缺乏智谋，始终是要被算计的。晏婴虽然运用智谋达到了目的，但未免太狠毒了点。

正是因为桃树的种植十分普遍，所以不少凄美的爱情故事也总离不开桃树桃花的影子。唐代崔护的故事就令人感慨不已。

崔护春游时，口渴难耐，正好路边有一户农家，门前一树桃花正繁花满枝，摇曳生辉，崔护便上前敲门求饮。不一会儿，一位十几岁的女孩端着一瓢水出门来走到桃树下递给他。崔护一看，这女孩虽然衣着朴素，不施粉黛，但素面含春，体态婀娜，在桃树下一站，真是花映人面，人衬花红，人面桃花，令人销魂。这一幕令崔护自此难忘。第二年，他又去那户农家求饮，谁知出来的竟是一位老者。崔护怅然若失，问起去年那位女孩，老者回答说已经出嫁了。崔护便写下了《题都城南庄》一诗："去年今日此门中，人面桃花相映红。人面不知何处去，桃花依旧笑春风。"

李贺有一首《将进酒》：

琉璃钟，琥珀浓。小槽酒滴真珠红。
烹龙炮凤玉脂泣，罗帏绣幕围香风。
吹龙笛，击鼍鼓，皓齿歌，细腰舞。
况是青春日将暮，桃花乱落如红雨。
劝君终日酩酊醉，酒不到刘伶坟上土！

"桃花乱落如红雨"一句真真把"桃花"这一物象运用到了极致！

毛泽东同志历来喜欢李贺的诗，多次在自己的诗词中借用、化用其诗句。《送瘟神二首》中的第二首："红雨随心翻作浪，青山着意化为桥。""红雨"二字就是化自李贺的"桃花乱落如红雨"一句。

说到桃花我们还不得不关注另外一个词——刘郎。从广义的角度说，凡是姓刘的男性都可以叫作"刘郎"，"长喜刘郎马上，肯听诗书说"（辛弃疾《六幺令》）一句中的"刘郎"指的是汉高祖刘邦；"茂陵刘郎秋风客，夜闻马嘶晓无迹"（李贺《金铜仙人辞汉歌》）中的"刘郎"指的是汉武帝刘彻；“要约刘郎铜雀醉，低事遽争荆楚”（王千秋《贺新郎·石城吊古》）中的“刘郎”指的是刘备；“逆旅妪曰‘刘郎在室内，可入共饮酒’”（《宋书·符瑞志上》）中的“刘郎”指的是南朝宋武帝刘裕。而把桃树桃花和“刘郎”扯上关系的则是唐代诗人刘禹锡。

贞元二十一年（805 年），唐德宗李适（读 kuò）病逝，顺宗李诵继位。李诵支持王叔文、王伾等人的政治革新，刘禹锡和柳宗元也是这个革新集团的中坚人物。但是在掌握宫中实权的宦官和掌握藩镇军权的一些节度使的强烈反对下，一百四十六天后，这场革新运动（史称“永贞革新”）即遭到失败。革新派的领袖人物王叔文被贬后赐死，王伾也在被贬后病死。其余八位中坚人物——柳宗元、刘禹锡、韩晔、韩泰、陈谏、凌准、程异、韦执谊则分别被贬到各地任司马，这就是史上著名的“二王八司马事件”。刘禹锡被贬为朗州司马。十年后，也就是元和十年（815 年），刘禹锡和柳宗元、韩泰、韩晔、陈谏五人又被召回京城。刘禹锡回到京城，看到那些通过打击革新派而爬上来的新贵们，心中的气就不打一处来。他借到玄都观看桃花的机会，写了一首诗对那些新贵们进行讽刺：

紫陌红尘拂面来，无人不道看花回。
玄都观里桃千树，尽是刘郎去后栽！
（《元和十年自朗州至京，戏赠看花诸君子》）

他这一出气不打紧，可又惹恼了那些新贵和他们的后台。于是，他们五人马上又被贬到更远的地方去当刺史。柳宗元被贬到柳州后还给刘禹锡等四人写过一首诗："城上高楼接大荒，海天愁思正茫茫。惊风乱飐芙蓉水，密雨斜侵薜荔墙。岭树重遮千里目，江流曲似九回肠。共来百越文身地，犹自音书滞一乡。"（《登柳州城楼寄漳、汀、封、连四州刺史》）被贬到连州的正是刘禹锡。刘禹锡先任连州刺史，后来又调任夔州刺史、和州刺史。直到十三年后，也就是太和元年（827 年），刘禹锡才又被召回京城。这十三年中，皇帝换了四代，那些靠打击革新派而风光一时的老朽及新贵们也都已经不在了。刘禹锡想起十三年前因一首看桃花的诗而再次被贬的事，心中真是感慨万端。他又去了一趟玄都观，又写了一首诗：

百亩庭中半是苔，桃花净尽菜花开。
种桃道士归何处？前度刘郎今又来。

（《再游玄都观》）

刘禹锡等人的曲折遭遇和两首水平很高的政治讽刺诗使得"桃树"和"刘郎"结下了不解之缘。从那以后，有人就直接把桃树称作"刘郎"。

其实，桃树之所以受到人们的青睐，不仅仅是因为其花艳丽，更因为其所结的甘甜果实能使人们大饱口福，使人们得到更大的实惠。谚语说"桃李不言，下自成蹊"，意思是桃树李树虽然不说话，但是树下却总是被人们踩出一条条小路。这就是对人们钟情于桃花的最好阐释。

桃树的这种优秀品格促成了人们对桃花的钟爱，以至于古人在结婚仪式上唱的赞歌也用桃花作为比喻："桃之夭夭，灼灼其华。之子于归，宜其室家。"（《诗经·桃夭》）意思是桃树上的桃花多漂亮啊，花瓣在阳光下闪闪发光，这个女孩出嫁了，一定能使夫家幸福安康。

笔者爱桃花，爱她的艳丽，更爱她的实惠。笔者想，应该有不少人喜爱桃花吧，所以每年春季桃花盛开的时候，桃树下总是游人如织。

每年，笔者都会和家人一起去看桃花，但愿每年大地复苏时，"桃花依旧笑春风"。

寒食清明草青青

清明节已成为国家法定假日，同时是二十四节气中的重要节气，所以大家都很熟悉。特别是杜牧的那首《清明》：“清明时节雨纷纷，路上行人欲断魂。借问酒家何处有，牧童遥指杏花村。”上过学的人几乎都能背诵。但是，清明节的前一天还有一个节日，很多人，特别是年轻人，恐怕就不十分了解了，这就是寒食节。

要说寒食节，就不得不说起一段令人叹惋的历史。

春秋时期，晋国是一个强国。晋武公在位三十九年，六十七岁时去世。其子跪诸继位，史称晋献公。献公五年晋国兴兵讨伐骊戎，得到了两位美人——骊姬和她的妹妹。献公把姐妹俩一并收作自己的妃子。

献公十二年，骊姬生了一个儿子，取名奚齐。在此之前，献公已有八个儿子，长子申生，次子重耳，三子夷吾。长子申生早已被立为太子，重耳、夷吾也很受大臣及国人的敬重。

但是自从有了奚齐以后，骊姬就一心想让自己的儿子当太子。骊姬年轻漂亮，狐媚十足，献公对她宠爱有加，对骊姬的要求也有些心动，但鉴于申生表现不错，行为又谨慎，很受国人敬仰，一时没有理由废除他。

献公的心思骊姬也看出来了。看来，要想达到目的，只有害死太子了。于是，她借献公的名义给申生送去一份放了毒药的食物。申生左右的官员认为，这非年非节的，赐食有些奇怪，送来食物的又是骊姬身边的人，皇上赐食为什么不派自己身边的人来？此事大有蹊跷，就劝申生不要吃。申生却说，不管怎么说，这是以父王的名义送来的，君要臣死，臣不得不死，父要子亡，子不得不亡，自己没有理由不吃。于是就把食物吃了，后果然中毒而亡。

听说太子被毒死了，重耳和夷吾心里明白，下面要收拾的就是他们俩了，于是赶紧逃跑。重耳逃到了蒲城，夷吾逃到了屈地。

献公派兵攻打蒲城，重耳干脆逃到狄国去了。

重耳到了狄国，很受狄王的敬重，狄王还把女儿嫁给他。重耳在狄国一待就是十二年，那位狄女为他生了两个儿子。

这十二年中，晋国国内又发生了很多事情。

申生被害，重耳和夷吾被赶走，大臣和国人都很气愤，恨不得杀了骊姬，只是碍于献公才隐忍不发。

献公二十五年，骊姬的妹妹也替献公生了一个儿子，取名悼子。但孩子刚一岁，献公就去世了。

这一下，大臣和国人压抑多年的不满情绪终于爆发。

以里克为首的大臣们立即进宫，杀掉了骊姬两姐妹和她们的儿子。之后，他们派使臣到狄国去迎接重耳回来当国君。

不料，重耳却不愿意回来，他说："当年父王要我死，我逃跑了，现在父王去世了，我却没有回去尽孝，我怎么有脸回去继承王位呢?"

重耳不愿意，可有人却十分想继承王位，那就是老三夷吾。其实，夷吾早就想继承王位了。他联系秦国作为外援，并对秦国许愿说，如果能帮助他继承王位，他掌权后就把晋河以西的地方献给秦国。当知道里克想迎回重耳时，他马上派人对里克说："如果能帮助我当上国君，我就把汾阳给你作为封邑。"

恰好重耳不愿意回来，所以在外有秦国帮忙、内有里克助力的情况下，夷吾很顺利地当上了国君，史称晋惠公。

但是，夷吾上台后，却干了几件很不漂亮的事。

第一，无耻赖账。原本答应给秦国的晋河以西的土地不给了，他派人去秦国说："大臣们说，国家的土地怎么能随便给人呢？所以就不能给你们了。"

第二，诛杀功臣。夷吾能继位，里克是最大的功臣。夷吾对里克说："你帮我继位，我很感谢你。但是，你杀掉了我的两位母亲和两个弟弟，现在我又要用你，是不是很为难呢?"里克听懂了他的意思，于是自杀了。

第三，以怨报德。惠公上台第四年，晋国大旱，粮食收成差，于是就向秦国购粮。秦国大臣认为夷吾背信弃义，都不同意把粮食卖给他。秦穆公却说，夷吾的确不是东西，但他是饿不着的，挨饿的是百姓。于是力排众议，将粮食卖给了晋国。第二年，秦国大旱，粮食减产，便很自然地向晋国买粮，不料却被晋惠公一口拒绝了。

第四，贸然开战。晋国不卖粮食一事，引起了秦国满朝大哗，大臣们纷纷要求同晋国开战，好好教训一下那个恩将仇报的夷吾。在这种情况下，连涵养极好的秦穆公也忍无可忍了，于是就在公元前645年起兵伐晋。

这件事本就是晋国理屈，只要晋国稍作解释，道个歉，再卖一点粮食给秦国，事情是很容易平息的。但是，夷吾自上台后就有称霸中原的野心，早就秣马厉兵，蠢蠢欲动。现在秦国发兵攻晋，正中夷吾下怀，于是不顾理屈，贸然开战。两军在韩原相遇，马上展开了激烈的战斗。

由于晋国早有准备，战斗开始后，形势对秦军很不利。不久，秦穆公的战车被晋军围困了，晋军眼看就要取得胜利，晋惠公高兴地笑了，正准备下达总攻令，他的车右（战车驾驶员）庆郑却忽然对他说："你背信弃义，恩将仇报，老天不该帮你！"说完就跳下车跑了。失去了驾驶员，晋惠公的战车无法行进，指挥不灵，晋军开始慌乱。正在这时，从战场两边的山上冲下来一支几千人的队伍，这些人衣衫褴褛，手持木棍锄头，分明只是一群老百姓，却勇猛异常。晋军阵脚大乱，秦军趁机反攻，大获全胜，反而俘虏了晋惠公。

事后，秦穆公感谢这些人的解围之恩，要赏赐他们。他们之中一个带头的人说：“大王不用感谢我们，也不用赏赐我们，倒是我们要感谢大王的恩德。”

秦穆公问是怎么回事，那人说：“大王还记得几年前那次打猎丢马的事吗?”秦穆公一听，恍然大悟。

原来，几年前，秦穆公上山围猎，晚上就在山上宿营，第二天早上发现他的坐骑不见了。那是一匹西域宝马，价值千金。穆公命人寻找，过了一会儿，寻找的人带着几个衣衫褴褛的老百姓回来了，说：“我们找到山沟里，这群人正在吃烤马肉。”左右都说，这些人太可恶，应该处死。穆公却说：“如果不是因为饥饿，他们是不会冒死来偷马的，老百姓穷困到这种地步，是我的过错，不怪他们。”

穆公不但没有治罪，反而赏赐了他们。他们非常高兴，认为穆公是一个体恤民情的好君主。这次听说要和晋国打仗，他们便邀约了几千人前来助阵，恰好赶在节骨眼上。

穆公带着被俘的晋惠公回到秦国，却见夫人穿着一身孝服前来迎接。穆公惊问道：“夫人为何这样?”夫人答道：“我弟弟成了俘虏，必死无疑，我提前替他戴孝。”原来，秦穆公的夫人就是晋惠公的姐姐（秦晋两家历来有姻亲关系，所以后来把两家结亲称为结“秦晋之好”）。穆公碍于夫人的面子，只好把晋惠公放了。晋惠公一回国就把那位扔下他不管的车右庆郑给杀了。

夷吾暂时不敢再去秦国找麻烦，却想到重耳还在，不能留下后患。于是就派人到狄国追杀重耳。重耳得到消息，想带着妻儿逃跑。妻子狄女却认为，带着他们母子是个累赘，让重耳赶快逃，自己留在狄国替他带好孩子。

重耳只好带着手下逃到齐国。这时，跟随他的还有赵衰、先轸、狐毛、狐偃、介子推等数十人。齐桓公知道重耳是一个很正派的人，便客气地接待了他们，送了他们一座馆舍，二十辆车子，还把自己的女儿嫁给了重耳。重耳经过一路逃亡，一下子安定下来，觉得特别舒适，而且这儿也比狄国条件好多了，因此就想长期定居齐国。但赵衰等人却不愿意，他们不辞辛苦跟随重耳，就是想图一个出头之日，老这样待着，那算什么呢？重耳的夫人也不愿意，所谓妻以夫荣，她也希望重耳回到晋国当国君。于是夫人和赵衰等人商量后，在某个晚上把重耳灌醉放到车上连夜离开了齐国，打算到秦国去借兵回晋国夺权。

等到重耳醒来，他们已经离开齐国一百多里了。主仆一行风尘仆仆，有时连饭都吃不上。有一天，主仆都累了，便坐在路边休息。重耳让弄点吃的来，狐偃抓来了一个老头，那老头却捧起一把泥土送上。重耳正要发火，先轸却说，主公，送来土地是吉兆呀！重耳一听也对，但是肚子实在太饿，就说：“现在要是有一碗肉吃就好了。”不料，一会儿，赵衰就真的送来了一碗肉。重耳三两下就把肉吃光了，问道：“这是什么肉？好香！”赵衰告诉他，这是介子推从大腿上割下的肉。重耳就让赵衰把介子推叫来。当介子推一瘸一拐地来到重耳面前时，重耳说："你如此忠心，等我当了国君，一定要重重封赏你！"

路过楚国时，楚王很隆重地接待了他们。临离别时，楚王问重耳，你如果当了国君，用什么报答我？重耳说，楚国很富有，也不稀罕什么，如果以后晋楚交兵，"其避君三舍"（"舍"是长度单位，一舍是三十里，三舍就是九十里）。后来，晋楚在城濮交兵，晋文公（重耳）果然先退后九十里以践前言。成语"退避三舍"就是从这儿来的。

这时，晋惠公夷吾病死了。夷吾有一个儿子圉（读 yǔ）在秦国做人质，秦穆公还把一位宗室的公主嫁给了他。听到父亲去世的消息，圉就想带着妻子回国继位，但他知道秦晋关系不好，怕秦穆公不放他走，于是就想带着妻子悄悄逃跑。他的妻子说："我们俩一起走，恐怕谁也走不了，我留下来掩人耳目，你一个人赶紧跑吧。"圉只好一个人逃回晋国继承了王位，史称晋怀公。

重耳一行离开楚国，又过了几个月，直到公元前 637 年才终于到了秦国。秦穆公非常高兴，他知道重耳贤明，就打算送重耳回晋国当国君。重耳这时已经六十来岁了，秦穆公还是把自己的女儿懷嬴嫁给了他，同时还把四位宗室公主送给他当妾。

晋怀公治国能力低下，倒行逆施，大兴冤狱，全国上下民怨沸腾，怨声载道。秦穆公一看，时机已到，便派公孙枝率三千兵马护送重耳回国。晋国百姓听说公子重耳回来了，无不欢呼雀跃，夹道相迎，所以没费多大劲就把晋怀公收拾了。

重耳在外流亡十九年，终于在公元前 636 年回到曲沃，坐上了国君宝座，史称晋文公，这时他已六十二岁。

重耳当了国君后，第一件事就是封赏功臣。介子推虽然也跟着重耳奔波了十九年，但是职务低微，不过是一个跟随而已。所以赏来赏去，文公偏偏把他给忘了。后来经人提醒，文公后悔不迭，马上派人去请介子推，谁知介子推家已是大门紧闭、人去房空了。经打听，才知道介子推已背着母亲上了绵山。他马上派人去找，偌大一座绵山，山高林密，哪里找得到？文公亲自带领几千人马去搜山，结果也是如大海捞针，毫无结果。文公一急，便下令放火烧山，想用火把介子推逼出来。

但是，直到山林烧光介子推也没出来。文公急忙带人上山查看，却见介子推抱着一棵大柳树被烧死了。文公一见，后悔得捶胸顿足，连连自责："是我错了！是我错了！"他命人将柳树锯下，连人带树一起运回都城。回城以后，将介子推的遗体和柳树分开，发现他胸部贴住的树洞里有一块衣襟，上面写满了字，展开一看，是一首诗：

割肉奉君尽丹心，但愿主公常清明。
柳下作鬼终不见，强似伴君作谏臣。
倘若主公心有我，忆我之时常自省。
臣在九泉心无愧，勤政清明复清明。

文公看完，愈发觉得介子推可亲可敬，于是让人将剩下的一段柳木做成一双木屐。木屐本应是穿在足下的，但他却把它们供在案头，常常对着木屐说："足下，是我对不起你!"从此以后，"足下"一词就成了一种对同辈、朋友的敬称（古时也用于对上）。

文公又认为，自己那把火实在是放错了，为了惩戒自己的错误，他下令，以后每年的这一天，全国禁火，并到郊外祭奠介子推。

老百姓也很敬重介子推。所以，自那以后，每年到了这一天，晋国全国上下都不生火，全吃冷食，并带上冷食到郊外祭奠介子推，顺便也祭奠自己的祖先。到了这一天晚上，再在皇宫里用钻木的古老方法取火，然后传出宫外，再传到各家各户。唐朝诗人韩翃《寒食》"日暮汉宫传蜡烛"一句反映的正是由宫里往外传火的风俗。

久而久之，这一天（清明节的前一天）就成了一个节日，叫作寒食节。

后来，司马氏建立晋政权，由于和春秋时晋国的"晋"同音同字，所以特别尊重春秋时晋国的风俗习惯，寒食节更是被特别重视的节日。司马氏统一天下后，寒食节也就被推广到了全国。唐代更是把寒食节定为法定假日。唐以后，民间祭祖才逐渐改为在清明节进行。

现在山西省平遥古城南边有一座城市叫介休市，坐落在绵山脚下，其名称就是因介子推而来，"介休"者，介子推休眠之地也。现在介休市已是我国著名的清明（寒食）文化之乡。

酒入豪肠化诗魂

中国古代文化是在酒缸里泡出来的。不信你翻翻，在中国文化的精髓——唐诗宋词中，关于酒的话题比比皆是：饮酒赋诗，吟诗饮酒，酒助诗兴，诗增酒趣……酒与诗似乎是一对孪生兄弟。正是因为有酒的浸润，所以唐诗宋词乃至整个中国文化总是散发出浓烈的酒香。

酒是一柄双刃剑，它既能兴奋人的神经，又能麻痹人的神经。所以，人们在愉快得意的时候要喝酒——把酒言欢；在悲伤失意的时候也要喝酒——借酒浇愁。古希腊的喜剧和悲剧就是直接起源于对酒神狄奥尼索斯的欢迎仪式和告别仪式。

自古以来，人们都爱酒。不过，文人爱酒和一般人爱酒却不太一样。一般人喝酒是把酒当成饮品在喝，文人喝酒却是把酒当成载体在用，欧阳修在其《醉翁亭记》一文中就把这种意思说得很明白："醉翁之意不在酒，在乎山水之间也。山水之乐，得之心而寓之酒也。"中国古代的文人"春风得意马蹄疾"的时候少，"我寄愁心与明月"的时候多。方伯海在《〈文选〉集成》中评刘伶的《酒德颂》时说道："古人遭逢不幸，多托于酒，谓非此无以隐其干济之略，释其悲愤之怀。”此话与欧阳文忠公的意思如出一辙，深谙文人好酒之就里。范文澜先生说“刘伶一生只作一篇‘酒德颂’”（《中国通史简编》修订本第二编第286页），一生只留下一篇文章，还是颂酒的，可见文人与酒的关系之密切。刘伶字伯伦，他的酗酒是出了名的，他常驾一牛车出游，车上置一酒瓮，任牛行走，他自饮酒，还命一小厮荷锄跟随，说：“死便埋我。”辛弃疾《沁园春·将止酒，戒杯使勿近》中“汝说刘伶，醉后何妨死便埋”说的就是这个故事。后来，有的酒馆就径直用“伯伦不归”作为自己的招牌。文人仕途坎坷、情场失意，满腔悲愤，一怀愁绪，总是借着酒气发泄出来，但在司马氏集团的政治高压下，刘伶却把一怀愁绪闷在了心里，这也不能不说是一种历史的悲哀。

生在盛唐的李白就完全不一样了。李白号称“诗仙”是当之无愧的，他诗写得不错，但都是用酒浇出来的。传说，唐玄宗和杨贵妃在沉香亭赏牡丹，贵妃忽然想听新歌。玄宗便急令人召李白入宫写歌。太监们几乎找遍了整个长安城，终于在一个小酒馆里找到已经烂醉如泥的李白。恰好酒馆门前的一棵树上拴有一头毛驴，太监们不由分说便把李白扶上驴背驮回皇宫。到了宫门外，太监们又犯难了：驴子是肯定不能进皇宫的，架着、拖着进去又太失体统，于是赶紧禀告皇上。玄宗了解情况后说：“那就仍然用毛驴驮进来吧。”这就是说书人津津乐道的“李太白骑驴进皇宫”的故事。杜甫在《饮中八仙歌》中说“李白斗酒诗百篇，长安市上酒家眠。天子呼来不上船，自称臣是酒中仙”，看来这事并非完全是捕风捉影。据说，李白到了沉香亭畔，杨贵妃玉手亲灌醒酒汤，李白醒来后便写下《清平调三章》。李白要不是歌诗圣手，玄宗便不会召他；要不是喝醉，就不会骑驴进宫，正是诗与酒的结合才造就了这样一段佳话。

一般说来，爱喝酒的人大抵有这么几个层次：一喝就醉，醉了就睡，醒了又喝，一喝又醉，此为酒鬼；杯不离手，酒不离口，撒泼任气，寻衅斗殴，此为酒疯；唯酒是务，以酒为名，一饮一斛，五斗解酲，此为酒囊；一般不饮，需饮辄饮，饮能节制，始终清醒，此为酒人；醒即是醉，醉即是醒，醉能同乐，醒能属文，此为酒仙。

李白既能“斗酒诗百篇”，又能“醉能同其乐，醒能属以文”，所以李白既是诗仙，又是酒仙，他的诗中酒味最厚、酒香最浓，几乎是无诗不酒、无酒不诗，也正是诗与酒的结合才成就了我国诗坛上的一颗最明亮的巨星。

李白嗜酒除了是当时的文人风气之外，还有他自身的原因。

李白虽出身商贾之家（有人说李白系李建成后裔，笔者未查到实据，因此不敢妄议），但从小受到良好的教育。他“十岁观百家”（《上安州裴长史书》），“十五观奇书”（《赠张相镐》），且自幼“好剑术”（《与韩荆州书》），再加上他出生于西域的碎叶城（现吉尔吉斯斯坦共和国托克马克市），在那儿度过了他的幼年时期，所以他从小就会“番话”，这在当时的知识分子中应该是不可多得的奇才。

一般情况下，有奇异才能者必有奇异思维，有奇异思维者必有奇异举止。李白就正是这样，由于能力不同于一般，所以其思维和行为也不同于一般，他不愿如当世大多数知识分子那样通过科举考试进入仕途，而是广泛结交朋友，大量创作诗文，扩大影响，培养声誉，提高知名度，以期得到朝廷的破格擢用。他的努力总算没有白费，在天宝元年（742年），借助道士吴筠的推荐，他终于被玄宗征召入朝，供奉翰林。这时暂住安徽南陵、已经四十二岁的李白得诏后异常兴奋。他在“呼童烹鸡酌白酒”“高歌取醉欲自慰”之后，更高唱：“仰天大笑出门去，我辈岂是蓬蒿人！”（《南陵别儿童入京》）

但是，李白在踌躇满志地到了京城以后才慢慢明白：他错了。因为这时的唐玄宗已经不是开元盛世时的唐玄宗了。自从有了杨贵妃，这位曾经宵衣旰食的帝王便从此“不早朝”，而是把政务全部交给了李林甫、杨国忠等人。李白天纵英才，心性高傲，根本不可能和这一帮宵小之辈合流，而宵小之辈的一大特点就是看谁不顺眼就整谁，李白既然不能与他们合流，自然也就不顺他们的意，因此处于被排挤打击之列。

据说李白也曾参加过应试，但是主考官杨国忠看也不看就把他的试卷扔到了地上，还说：“这样的文章，狗屁不通，你连替我磨墨的资格都没有！”副主考高力士又加上一句：

"只配替咱家脱靴!"说完就让卫士把李白叉出去了。心性高傲的李白哪受得了这种气?他回过头来指着杨、高二人说:"有朝一日我李白得志,不让你杨国忠磨墨,不让你高力士脱靴,就誓不为人!"

李白此时住在供奉翰林的贺知章家里。一天,贺知章下朝回来就一直闷闷不乐。李白问他,他说:"今天番邦派使臣送来一封国书,皇上让我开读,我打开国书一看,傻眼了,全是番文。我一个字也不认识。问遍了满朝文武,也没有一个人认识。皇上龙颜大怒,说:'三天之内要再读不出来,全体撤职查办,另选贤能!'"

李白一听,冷笑道:"可恶那杨国忠妒贤嫉能,要是我考上了,这还是件难事吗?"

贺知章一愣,忙问:"难道你懂番文?"

李白答道:"你忘了我是在什么地方出生的吗?"

贺知章一拍脑袋说:"哎呀,我简直是急糊涂了,竟然把你给忘了,我这就马上进宫告诉皇上去!"

李白拦住他说:"你去了也没用,我现在只不过是一介布衣,根本没有资格上殿。"贺知章说:"那好办,还不是皇上一句话的事。"

贺知章马上将此事奏明玄宗,玄宗十分高兴,御赐李白进士及第出身,并着紫袍金带、纱帽象简入朝。李白入殿时已是醉意朦胧。玄宗见他飘逸洒脱、气度不凡,很是喜爱,就下令在御案旁摆一张桌子供李白使用。李白站在玄宗身边，用番语将番邦的国书高声朗读了一遍，然后又翻译成唐代官话朗诵了一遍，直惊得满朝文武目瞪口呆。玄宗让李白用番语写一封回书，李白欣然就坐，提笔正要写，却见杨国忠在朝班中局促不安，就对玄宗说："皇上，您对我如此待遇，那位番邦使臣却不知道我是什么人，看他吓得那个样子！"其实，玄宗早就看见了，说："就是要让他们知道我们天朝人才济济，让他们不敢小觑！"李白接着说："那咱们再吓一吓他可好？"玄宗此时兴致颇高，就问："怎么吓？"李白说："让杨太师来给我磨墨，再让高力士来给我脱靴。"玄宗立马答应。皇帝口谕，谁敢不遵？杨国忠尽管十二分不愿意，也只得上前来替李白磨墨；高力士上前替李白脱下靴子，又不敢随便放，就一直捧在手中。那位番邦使节一见这等阵势，更是吃惊不小，想不到唐朝竟有这等人才！他悄悄地问贺知章："那是什么人哪，皇帝竟如此敬重他？"贺知章说："他呀，那是天上的神仙！""为什么会在这儿？""他喜欢喝酒，醉后失性，犯了天条，被贬到我们天朝，过几年还是要回天上的。"那位番使一听，更是被吓得战战兢兢，大气都不敢出。从此以后，李白就又有了一个别名——李谪仙。

余光中先生有一首《寻李白》诗，第一句就是"那一双傲慢的靴子至今还落在高力士羞愤的手里"，其根据就是上面那则传说。

李白借机报了被羞辱之仇，但也替自己种下了祸根。

从那以后，杨国忠、杨贵妃，再加上一个高力士，就经常寻找一切机会诋毁李白。这时已几近昏聩的唐玄宗虽然爱惜李白的诗才，但也架不住谗言蛊惑，终于用“赐金放还”的冠冕堂皇的办法把一代诗才很客气地逐出了京城长安。这对于有经天纬地之才、根本瞧不上一般官职而自认为非宰相莫属的李白来说是一次不小的打击。生性豪放、心性高傲、仕途失意促使他终身与酒结下了不解之缘。

李白生性豪放，而豪放之人多爱饮酒。他在二十多岁时写的一首《襄阳歌》就说道：“百年三万六千日，一日须倾三百杯。”李白在数字的运用上一向是极其夸张的，如“飞流直下三千尺”（《望庐山瀑布》），“桃花潭水深千尺”（《赠汪伦》），“天台四万八千丈”（《梦游天姥吟留别》），“白发三千丈”（《秋浦歌》），“我窜三巴九千里”“愁来饮酒二千石”（《江夏赠韦南陵冰》），等等。“三百杯”别说是酒，就是水也喝不下，但是这种极度的夸张正好说明了李白对于喝酒的态度。在李白看来，人生苦短，世事难料，得意失意，均须饮酒，这在他的著名诗篇《将进酒》中说得相当明白：

君不见，黄河之水天上来，奔流到海不复回。
君不见，高堂明镜悲白发，朝如青丝暮成雪。
人生得意须尽欢，莫使金樽空对月。
天生我材必有用，千金散尽还复来。
烹羊宰牛且为乐，会须一饮三百杯。

岑夫子，丹丘生，将进酒，杯莫停。
与君歌一曲，请君为我倾耳听。
钟鼓馔玉不足贵，但愿长醉不复醒。
古来圣贤皆寂寞，惟有饮者留其名。
陈王昔时宴平乐，斗酒十千恣欢谑。
主人何为言少钱，径须沽取对君酌。
五花马，千金裘，呼儿将出换美酒，
与尔同销万古愁！

诗中的“岑夫子”指岑勋，“丹丘生”指元丹丘。李白离开长安后，与友人岑勋到嵩山造访另一好友元丹丘，在元丹丘的颍阳山居作客，三人尝登高宴饮，李白就是在这次宴饮时写下了这首脍炙人口的诗篇。

“将”（读 qiāng）者，请也。“将进酒”即“请喝酒”。请人喝酒是需要理由的，李白劝朋友喝酒的理由何在呢？“君不见黄河之水天上来，奔流到海不复回”，这是时光易逝；“君不见高堂明镜悲白发，朝如青丝暮成雪”，这是人生苦短；“人生得意须尽欢”，这是以偏概全，实际上是说得意失意都须尽欢，原因很简单，那就是“天生我材必有用，千金散尽还复来”，所以，应该“将进酒，杯莫停”“会须一饮三百杯”！这是喝酒的理由，也是对待人生的态度。正是因为有这种心态，所以李白基本上是手不离杯、口不离酒。一位善酿酒的纪姓老者去世，李白还专门为此写了一首《哭宣城善酿纪叟》：

纪叟黄泉里，还应酿老春。
夜台无李白，沽酒与何人？

李白性格豪放却又心性高傲。他傲视王侯，睥睨一切，“安能摧眉折腰事权贵，使我不得开心颜”就是他性格的最好写照。他不屑与权贵应酬，宁愿到深山里和那些山野老人对酌：

两人对酌山花开，一杯一杯复一杯。
我醉欲眠卿且去，明朝有意抱琴来。

（李白《山中与幽人对酌》）

或者干脆邀明月和自己的影子对饮：

花间一壶酒，独酌无相亲。
举杯邀明月，对影成三人。
月既不解饮，影徒随我身。
暂伴月将影，行乐须及春。
我歌月徘徊，我舞影零乱。
醒时同交欢，醉后各分散。
永结无情游，相期邈云汉。

（李白《月下独酌》）

仕途的失意，使李白更加沉湎于酒中，其实他自己也知道，“抽刀断水水更流，举杯销愁愁更愁”，但此时的李白，除了在酒精的麻痹中以狂傲的方式去寻求解脱之外，还有其他办法吗？杜甫对他的这种生活方式也颇有微词：“秋来相顾尚飘蓬，未就丹砂愧葛洪。痛饮狂歌空度日，飞扬跋扈为谁雄？”（《赠李白》）

李白因永王李璘事件获罪以后，杜甫对这位天才给予了深深的同情和怀念：“不见李生久，佯狂真可哀。世人皆欲杀，吾意独怜才。敏捷诗千首，飘零酒一杯。匡山读书处，头白好归来。”（《不见》）

李白获释以后，虽然诗才依然雄健，《早发白帝城》就是其晚年留下的名篇之一，但是，李白这时已是穷愁潦倒，当年玄宗赏赐的千两黄金早已变成了酒精，年近花甲的他不得不到当涂投靠族叔李阳冰。公元762年，六十一岁的诗坛巨星陨落了！

余光中先生在《寻李白》一诗中，有几句脍炙人口的佳句：

> 酒入豪肠，七分酿成了月光，
> 余下的三分啸成剑气，
> 绣口一吐就半个盛唐。

这几句诗，不仅句式优美，韵律铿锵，而且对李白的评价也极为精当。

诗人笔下雨多情

雨是诗词中出现频率较高的意象之一，这种极为普通的自然现象一经诗人之手，即具有极为丰富的表现力，成为诗人各种思想情绪的有力载体，并以千变万化的姿态出现在我们面前，让我们得以领略文学作品的无限魅力。

李商隐的一首《夜雨寄北》已是妇孺皆知的名篇：

君问归期未有期，巴山夜雨涨秋池。
何当共剪西窗烛，却话巴山夜雨时。

诗人当时“独在异乡为异客”（公元851年，李商隐应西川节度使柳仲郢之邀到梓州——今四川三台，共任职四年），这首诗就是他在梓州任职期间答复北方家人的（这时李商隐的妻子王宴媄已去世，因此也可能是答复朋友）。此诗的后两句，很明显是化用了杜甫《月夜》一诗中“何时倚虚幌，双照泪痕干”两句。李商隐在牛李党争的夹缝中求生存，仕途艰难，心情极为压抑。他的这种心情，恰好就是借一个“雨”字表达出来的。淅淅沥沥的夜雨，昏昏暗暗的油灯，孤孤凄凄的游子，多么难捱的不眠长夜啊！“雨”，已不再是一个简单的物象，而是承载了诗人深沉情感的意象，因此，这个“雨”字的作用，绝不是其他字可以代替的。

宋人杨万里有一首《听雨》诗：“归舟昔岁宿严陵，雨打疏篷听到明。昨夜茅檐疏雨作，梦中唤作打篷声。”此诗应该是受《夜雨寄北》的影响。

南唐后主李煜有亡国的切肤之痛，每当“帘外雨潺潺”时，他竟觉得“罗衾不耐五更寒”（《浪淘沙》），花开花落更勾起了他的故国之思，对风雨的无奈表达了他那深入骨髓的难言之痛：“林花谢了春红，太匆匆，无奈朝来寒雨晚来风。”（《相见欢》）雨在他那儿是愁，是痛，是无奈和悔恨。借雨来宣泄自己的愁绪，在古典诗词中比比皆是。

李清照因有亡国丧夫的双重苦痛，因此雨在她那儿就显得凄凉而悲切：“梧桐更兼细雨，到黄昏，点点滴滴。这次第，怎一个愁字了得。”（《声声慢》）

秦少游虽没有李煜和李清照那样的深痛，但宦途的坎坷也使他的愁绪如绵绵丝雨，无休无歇，无边无沿，“自在飞花轻似梦，无边丝雨细如愁”（《浣溪沙》）便是这种思绪的最好写照。

陆游虽然有“细雨骑驴入剑门”（《剑门道中》）的潇洒，但当他报国无门，倍受打击，在“腰间羽箭久凋零，太息燕然未勒名”（《夜泊水村》）的遗憾中不得不“心在天山，身老沧州”（《诉衷情》）时，其一腔悲愤也借助“雨”而淋漓尽致地发挥了出来：“驿外断桥边，寂寞开无主。已是黄昏独自愁，更著风和雨。”（《卜算子》）当然，怨归怨，愁归愁，他那“一身报国有万死”的爱国之心却始终难以泯灭，因此，当他“夜阑卧听风吹雨”的时候，所产生的仍然是“铁马冰河入梦来”的万丈豪情。

雨还往往被当作时光流逝的催化剂，让人于风吹雨打中生出无限感慨来。“对潇潇暮雨洒江天，一番洗清秋。渐霜风凄紧，关河冷落，残照当楼。是处红衰翠减，苒苒物华休。”（柳永《八声甘州》）作者漂泊异乡，于暮秋之际登楼眺望，怀乡、思人、盼归之情油然而生，思归不得，心怀惆怅，眼中景物一片衰败，而这红衰翠减又皆由雨洗清秋而生，雨入眼内，情生心中，情与景也就很自然地交融在了一起。

辛弃疾也同样用风雨来催走岁月，不过他催走的不是秋而是春：“更能消几番风雨，匆匆春又归去。”（《摸鱼儿》）风和日丽、繁花似锦的春天在凄风苦雨中匆匆地离去了，这不正是对偏安一隅、苟且偷安的南宋小朝廷的绝佳写照吗？

风雨既然可以让时光流逝，当然也可以让人事代谢：“千古江山，英雄无觅、孙仲谋处。舞榭歌台，风流总被、雨打风吹去。”（《永遇乐》）冯唐易老，李广难封，报国无门，壮志难酬，难怪辛弃疾要发出如此感慨了！

南宋末期词人蒋捷于1274年高中进士，但是几年后南宋就灭亡了。元朝统一天下后，作为遗民，他坚决不仕。晚年寓于僧庐，在一个凄风苦雨之夜，回忆自己坎坷的一生，感慨良多，便以“听雨”为题写了一首《虞美人》：“少年听雨歌楼上，红烛昏罗帐。壮年听雨客舟中，江阔云低、断雁叫西风。 而今听雨僧庐下，鬓已星星也。悲欢离合总无情，一任阶前、点滴到天明。”台湾著名诗人余光中先生在其脍炙人口的《听听那冷雨》一文中，曾对此词作过如下解读：“饶你多少豪情侠气，怕也经不起三番五次的风吹雨打。一打少年听雨，红烛昏沉。二打中年听雨，客舟中，江阔云低。三打白头听雨在僧庐下。这便是亡宋之痛，一颗敏感心灵的一生：楼上，江上，庙里，用冷冷的雨珠子串成。”雨，在这儿既作为意象，又作为一条主线，串起了几个典型镜头，很好地表现了诗人凄凉悲苦的人生历程。

其实，雨不仅仅可以用来表达愁绪、表现凄苦，它还可以用来展现诗人的各种心境，使诗词的意境更加深邃含蓄、摇曳生姿。

王维既是诗人又是画家，仕途的坎坷并未能改变他的达观，这种平和的心性在他的诗中也多有表现：

渭城朝雨浥轻尘，客舍青青柳色新。
劝君更尽一杯酒，西出阳关无故人。

（《渭城曲》）

同样是送别之雨，在王昌龄那儿却总是寒气侵人，一片凄凉：

寒雨连江夜入吴，平明送客楚山孤。

洛阳亲友如相问，一片冰心在玉壶。

（《芙蓉楼送辛渐》）

醉别江楼橘柚香，江风引雨入舟凉。
忆君遥在潇湘月，愁听清猿梦里长。

（《送魏二》）

王维因信佛而具有平和的心性，同时又具有画家的眼光，所以他眼中之雨总是显得清丽可人、柔情万种："空山新雨后，天气晚来秋。明月松间照，清泉石上流。"（《山居秋暝》）"万壑树参天，千山响杜鹃。山中一夜雨，树杪百重泉。"（《送梓州李使君》）

雨在诗词中还有一个相当重要的表现内容，那就是爱情。雨之所以要承担这个任务，推究起来，还都是宋玉惹的祸。据《高唐赋·序》所载，宋玉曾与楚襄王同游云梦之台，望高唐之观，其上有朝云，王问何为朝云，宋玉回答说，从前楚怀王曾游高唐，怠而昼寝，梦一妇人曰："妾巫山之女也，为高唐之客。闻君游高唐，愿荐枕席。"王故幸之，妇人去而辞曰："妾在巫山之阳，高丘之阻，旦为行云，暮为行雨，朝朝暮暮，阳台之下。"从此以后，雨就和男欢女爱发生了联系。如柳永《浪淘沙慢》所云："殢雨尤云，有万般千种，相怜相惜。"就是直接引用巫山神女的典故，但太直白了，显得有些粗俗。毛滂的《惜分飞》和《生查子》也引用了此典："断雨残云无意绪，寂寞朝朝暮暮。"

“行雨梦魂消，飞絮心情乱。”虽然也有一点直白，但已脱去了俗气。其实，像这种情感的表达还是含蓄一些为好。比如“柳外轻雷池上雨，雨声滴碎荷声”（欧阳修《临江仙》）；“飒飒东风细雨来，芙蓉塘外有轻雷”（李商隐《无题》）。

雨，完全成了诗人手中得心应手的道具，诗人们根据需要，随意呼风唤雨，稍加点染，即成警句：

“好雨知时节，当春乃发生。随风潜入夜，润物细无声。”（杜甫《春夜喜雨》）这是希望之雨；

“青箬笠，绿蓑衣，斜风细雨不须归。”（张志和《渔歌子》）这是清幽之雨；

“清明时节雨纷纷，路上行人欲断魂。”（杜牧《清明》）这是断魂之雨；

“桃李春风一杯酒，江湖夜雨十年灯。”（黄庭坚《寄黄几复》）这是艰辛之雨；

“君问归期未有期，巴山夜雨涨秋池。”（李商隐《夜雨寄北》）这是寂寞之雨；

“水光潋滟晴方好，山色空蒙雨亦奇。”（苏轼《饮湖上，初晴后雨》）这是奇丽之雨；

“秋阴不散霜飞晚，留得枯荷听雨声。”（李商隐《宿骆氏亭寄怀崔雍崔衮》）这是音乐之雨；

“晓来雨过，遗踪何在？一池萍碎。春色三分，二分尘土，一分流水。”（苏轼《水龙吟·次韵章质夫杨花词》）这是幻化之雨；

而“试问闲愁都几许？一川烟草，满城风絮，梅子黄时雨”（贺铸《青玉案》）则是断肠之雨！

其实，对雨的吟咏和描述不仅能反映出诗人的心情，更能反映出诗人的气质和胸襟。苏轼虽然备受打击，但他生性旷达，所以在他笔下的风雨没有丝毫悲凉之态，一首《定风波》将他的这种气质展露无遗：

> 莫听穿林打叶声，何妨吟啸且徐行。竹杖芒鞋轻胜马，谁怕？一蓑烟雨任平生。
>
> 料峭春风吹酒醒，微冷，山头斜照却相迎。回首向来萧瑟处，归去，也无风雨也无晴。

透过风雨，他的那种不怕坎坷、笑对人生的开阔情怀一览无遗。

毛泽东同志的胸怀更是前无古人，雨到了他的笔下，不仅气势磅礴，而且催人上进：

> 大雨落幽燕，白浪滔天，秦皇岛外打鱼船。一片汪洋都不见，知向谁边？
>
> 往事越千年，魏武挥鞭，东临碣石有遗篇。萧瑟秋风今又是，换了人间！
>
> （《浪淘沙·北戴河》）

诗人的一腔热血、万丈豪情都借一场大雨倾倒了出来，无情变有情，这才是雨的极致！

问君能有几多愁

有人说文学就是人学，而人学也就是情学，这话也有一定的道理。想一想，有哪一部作品不写人？写哪一个人物又不写情呢？

古代的文人墨客，一帆风顺、平步青云者少，曲折坎坷、穷愁潦倒者多，因此，愁也就成了他们抒发的基本情绪，甚至无愁也要装出几分愁来，似乎只有这样才像个文人的样子。辛弃疾的一首《丑奴儿》就很好地说明了这个现象："少年不识愁滋味，爱上层楼。爱上层楼，为赋新词强说愁。"不过这种现象并不多，否则不少的作品也就不具有什么文学意义和审美价值了。

文人和文盲不一样，文盲只是口中出彩，而文人则能笔下生花，有了愁往往要借助文字发泄出来，这就是《毛诗序》中所谓的"情动于中而形于言"了。

愁有多种，有忧国忧民之愁，有仕途坎坷之愁，有伤时之愁，有失宠之愁，有思乡之愁，有念友之愁……当然，更多的是因情而愁了。而所有的愁几乎都可以在诗人们的作品中寻到踪迹。

文人们由于秉性各异，境况不同，加上文学修养有高有低，所以在表现这些愁绪时所使用的手段千差万别、色彩纷呈。

表现愁绪的常见手法是直抒胸臆，坦然言愁。如杜审言《渡湘江》：“迟日园林悲昔游，今春花鸟作边愁。”被流放到南方边陲的蛮荒之地，当然不会有什么好心情，不过诗人直接言愁时却又使用了一种修辞手法——对比。诗人被逐时正值春天，花香鸟语本应使人高兴才是，但诗人却把“花鸟”和“边愁”放在了一起，形成了强烈的对比，突出了诗人的愁绪。

再如沈如筠《闺怨》：“雁尽书难寄，愁多梦不成。”诗人为了突出闺中少妇思念征人的无限愁绪，用睡不着、连梦也做不成来进行衬托，收到了很好的表达效果（其实，这里的愁就是思念之情）。

另外还可以从空间和时间上进行拓展以增强愁绪的表达效果，如王昌龄《从军行》：“更吹羌笛关山月，无那金闺万里愁。”李白《将进酒》：“五花马，千金裘，呼儿将出换美酒，与尔同销万古愁。”前者用空间（“万里”）无限来描述，后者以时间（“万古”）久远来形容，手法不同，却异曲同工，都收到了很好的表达效果。

不过，最著名、最脍炙人口的恐怕是“问君能有几多愁，恰似一江春水向东流”（李煜《虞美人》）了。李煜不是一个好皇帝，但的确是一个好诗人。

像“愁”这一类抽象的情绪要想直白地表达出来是很

难的，所以诗人们总是使出浑身解数运用一切手段，或比喻，或夸张，或铺垫，或烘托，尽量把抽象的愁说得具体，说得实在，说得形象，说得含蓄，不仅要让人理解，而且要让人得到一种美的体验和享受。李煜在这一点上就做得相当出色。他用“一江春水”来比喻愁，让人一读之下，仿佛身临其境，看到了那汹涌奔腾的长江之水翻滚咆哮、一泻千里，非常形象地让人感受到了他的愁不仅多而且永无尽头。

其实以水喻愁前人已经有过，唐代诗人李颀的“请量东海水，看取浅深愁”（《雨夜呈长官》）就是一例，不过李颀仅以海水之深来喻愁之深，妙则妙矣，但仍只是一种静态的比喻，远不如李煜那种动态的比喻那么容易引起人们的联想和得到更多的美的体验。李煜应该是受了李白的启发。李白在《金陵酒肆留别》中有“请君试问东流水，别意与之谁短长”的句子，不过，李白仅从长短的角度讲，李煜在长短之外又有了量的多少，所以更进了一步。

后来，欧阳修也借鉴了这种写法，以春水喻愁：“渐愁渐远渐无穷，迢迢不断如春水。”（《踏莎行》）秦观在《江城子 · 西城杨柳弄春柔》一词中也使用这种方法喻愁：“便做春江都是泪，流不尽许多愁。”

辛弃疾于淳熙五年（1178 年）由江西帅调任大理少卿，途经江西池州东流村时，想起了过去在此地结识的一位女子，经打听，此人尚在，但已名花有主，便于愁怨悔恨之中写了一首《念奴娇 · 书东流村壁》：

野棠花落，又匆匆过了，清明时节。刬地东风欺客梦，一枕云屏寒怯。曲岸持觞，垂杨系马，此地曾轻别。楼空人去，旧游飞燕能说。

闻道绮陌东头，行人长见，帘底纤纤月。旧恨春江流未断，新恨云山千叠。料得明朝，尊前重见，镜里花难折。也应惊问：近来多少华发？

在这首词里，辛弃疾不仅用流水来比喻自己的无限愁怨，而且另辟蹊径，以山喻愁。流不尽的春江，重重叠叠的群山，形象地写出了诗人心中愁之多、愁之重。

李煜除了以水喻愁外，还用春草喻愁：“离恨恰如春草，更行更远还生。”（《清平乐》）这里的“恨”其实就是“愁”。白居易曾说春草是“野火烧不尽，春风吹又生”，可见其生命力之强，以春草喻离愁正好道出了它的那种刬不尽、压不住、无穷无尽、不可遏止的特点。

李煜之后，诗人们在写愁绪的表现手法上又有了许多创新。李清照可以说是写“愁”的高手。

由于丈夫赵明诚经常不在身边，情商与文化素养都极高的李清照只好把自己的满腔愁绪用诗词的形式发泄出来：

花自飘零水自流，一种相思，两处闲愁。

（《一剪梅》）

惟有楼前流水，应念我终日凝眸。凝眸处，从今又添，一段新愁。

（《凤凰台上忆吹箫》）

薄雾浓云愁永昼，瑞脑销金兽。佳节又重阳，玉枕纱橱，半夜凉初透。

（《醉花阴》）

特别是那首《声声慢》，简直把“愁”表现到了无以复加的地步：

寻寻觅觅，冷冷清清，凄凄惨惨戚戚。乍暖还寒时候，最难将息。三杯两盏淡酒，怎敌他，晚来风急！雁过也，正伤心，却是旧时相识。

满地黄花堆积，憔悴损，如今有谁堪摘？守着窗儿，独自怎生得黑？梧桐更兼细雨，到黄昏，点点滴滴。这次第，怎一个愁字了得！

这首词一开头便连下七对叠字，“寻寻觅觅，冷冷清清，凄凄惨惨戚戚”，又继之以“三杯两盏淡酒，怎敌他，晚来风急”，然后以旧识大雁、憔悴黄花、寂寞孤窗、梧桐细雨等一系列场景营造出一种令人窒息的氛围，虽不言愁，却处处皆愁，步步紧逼，环环相扣，使愁绪越积越深，越堆越厚，最后，终于逼出一句：“这次第，怎一个愁字了得！”渲染和烘托的手法，运用得如此高明。至此，我们不得不佩服这位女词人的高超技艺，实在是巾帼不让须眉！

后来李清照又突发奇想地把愁搬到了船上：“闻道双溪春尚好，也拟泛轻舟。只恐双溪舴艋舟，载不动，许多愁。”（《武陵春》）在此，愁有了重量，重得连船都载不动，不仅形象而且新奇。

后来金人董解元在其《西厢记诸宫调》中，又把“愁”放到了马背上：“休问离愁轻重，向个马儿上驮也驮不动。”

到了元代，王实甫又在《西厢记》中把愁搬到了车上：“四围山色中，一鞭残照里，遍人间烦恼填胸臆，量这些大小车儿如何载得起。”（《西厢记·长亭送别》）

有时，诗人把愁写得比较含蓄，要稍微绕个圈儿才能理解，如孟浩然的《宿建德江》：“移舟泊烟渚，日暮客愁新。野旷天低树，江清月近人。”诗人似乎并没有在诗中说明为何而愁，但用“日暮”二字作了铺垫。《诗经·君子于役》里说：“日之夕矣，牛羊下来，君子于役，如之何勿思？”原来“日暮”二字暗示了对亲人的思念。

还有些诗人不写自己的愁，而是写物的愁：

> 枫树夜猿愁自断，女萝山鬼语相邀。
>
> （李商隐《楚宫》）
>
> 山暝听猿愁，沧江急夜流。
>
> （孟浩然《宿桐庐江寄广陵旧游》）
>
> 明月不归沉碧海，白云愁色满苍梧。
>
> （李白《哭晁卿衡》）
>
> 回首叫虞舜，苍梧云正愁。
>
> （杜甫《同诸公登慈恩寺塔》）

城中桃李愁风雨，春在溪头荠菜花。

（辛弃疾《鹧鸪天》）

这些诗句运用了移花接木的手法，看似写云写猿写桃李，实际上写的还是自己的愁。

此外，还有一种写法，就是干脆说自己不愁，如辛弃疾的《西江月》：

醉里且贪欢笑，要愁那得工夫，近来始觉古人书，信著全无是处。

昨夜松边醉倒，问松“我醉何如”？只疑松动要来扶，以手推松曰“去”！

愁得太多，愁也无用，反正是“抽刀断水水更流，举杯销愁愁更愁”，不如自我麻痹，在醉中强颜欢笑吧，这种怒极反静、愁极反笑的表现手法更能把愁表达到极致，这种不言愁的愁反而让人感到其愁更深、更多、更无奈，更容易引起读者的共鸣，因此收到的表达效果更好。

还有一种对比的方法，即用乐来衬愁。王夫之在《姜斋诗话》里说：“以乐景写哀，以哀景写乐，一倍增其哀乐。”马致远的《天净沙·秋思》就是一个很好的例子：“枯藤老树昏鸦，小桥流水人家，古道西风瘦马。夕阳西下，断肠人在天涯。”枯藤老树，残阳斜照，昏鸦已然归巢，游子尚在天涯，路长马瘦，何日到家？偏又有小桥流水，道旁人家，此情此景，当然会使天涯游子愁上加愁了！

曾经沧海难为水

——唐诗中的爱情诗

文学属于上层建筑，它的发达与否与经济的发展有着十分密切的关系。唐朝继“贞观之治”之后，到玄宗时，又出现了“开元盛世”，社会逐渐趋于稳定。随着社会的稳定和经济的繁荣，文化也开始发展，唐诗就是在这种条件下盛开的一丛奇葩。

笔者在拙文《清词丽句总为情》中说过，诗歌是表达爱情的最好载体。唐诗在这方面更是达到了一个前所未有的高度。

盛唐时期的三位诗歌高手——王维、李白和杜甫，一个信佛，称为“诗佛”；一个尊道，称为“诗仙”；一个奉儒，称为“诗圣”。但不管“佛”也好、“仙”也好、“圣”也好，都离不开一个字——那就是“情”。

“红豆生南国，春来发几枝。愿君多采撷，此物最相思。”就是王维的一首相当出名的情诗——《相思》。

关于这首诗，还有一个很有意思的传说。王维自幼聪颖，不仅诗写得好，且工书画，十五岁便已在诗界有了相当的名气。二十岁时进京应进士第，由于唐代科考实行的是考试加推荐的制度，王维就去找当时任宰相的张九龄做推荐人。张九龄看了他的作品后，很是喜欢，但是却不无遗憾地说："你今年恐怕考不了第一，因为玉真公主推荐了张将军的儿子参加本届考试。"王维一听，十分懊恼。张九龄又说："不过，据我所知，玉真公主直到现在都还没有见过张将军的儿子，如果她见识到你的才华，有可能会改变主意。"王维问："那我怎样才能见到公主呢?"张九龄说："这个我会安排，你做好准备就是了。"不久，张九龄就通知王维跟他一起去见玉真公主。原来，盛唐时上层社会经常举办类似西方沙龙的酒会和文会，参加者多是王公贵族、高官及社会名流，与会者往往会带上自己的好友甚至情人。这次是玉真公主举办的酒会，张九龄是宰相，又是诗人，当然在被邀之列。

到会后，玉真公主见张九龄身边跟着一位潇洒俊逸的年轻人，就问："这位年轻人是?"张九龄回答："他叫王维。"玉真一听很高兴地说："你就是王维？我读过你的诗，很不错，最近有什么新作吗?"王维很恭敬地回答："有一首。"公主很有兴趣地说："读来听听。"王维就把那首《相思》朗诵了一遍。公主听后，说道："诗很好，很感人。我想诗中肯定有一段凄美的故事，能讲来听听吗?"王维是做好精心准备的，这时就不慌不忙地讲了起来。"很久以前，在一个农村里有一对新婚夫妇，感情甚笃。但新婚不到半年，男子就被征召到边疆服兵役去了。新妇独自承担起全部家务活和农活。每天晚上，她都要坐在院坝边的一棵青豆树下，痴痴地望着北方，盼望丈夫归来。不料，三年后，同去的人回来说，她的丈夫战死了。新妇听此噩耗，顿时在青豆树下号啕大哭起来。她这一哭就哭了几天几夜，眼泪流干了，接着流出血水。那血水浸透了泥土，被树根吸收。第二年，那棵青豆树上结的青豆便全部变成了红色。村里人就把这棵树结的红豆称作‘相思豆’。”公主听后，沉吟良久，说：“王维，你很有才华，你今年参加科考吗？”王维很恭敬地回答：“原本打算参加，但是听说公主推荐了人，我不敢和公主推荐的人同场竞技，因此打算下次再参加。”公主一听忙说：“我是答应了推荐张将军的儿子，但是我到现在也没有见到他本人，更不知道他的才华如何。我现在改主意了，我做你的推荐人。”王维一听赶紧叩头谢恩。那一次，王维果然考了第一。

“诗仙”李白也有一首极为著名的情诗《长干行》：

妾发初覆额，折花门前剧。郎骑竹马来，绕床弄青梅。
同居长干里，两小无嫌猜。十四为君妇，羞颜未尝开。
低头向暗壁，千唤不一回。十五始展眉，愿同尘与灰。
常存抱柱信，岂上望夫台？十六君远行，瞿塘滟滪堆。
五月不可触，猿声天上哀。门前迟行迹，一一生绿苔。
苔深不能扫，落叶秋风早。八月蝴蝶黄，双飞西园草。
感此伤妾心，坐愁红颜老。早晚下三巴，预将书报家。
相迎不道远，直至长风沙。

古代人的寿命远不及现代人，唐代时，人的平均寿命也就四十多岁（所以杜甫说“人生七十古来稀”），因此结婚年龄相对较早。女孩十五岁称为“及笄”，即把头发挽成发髻，用发簪簪上，表示可以出嫁了。但是在民间，女孩十三四岁就出嫁的很多，诗中女孩十四岁出嫁算是正常的。“抱柱信”来源于《庄子·盗跖》：“尾生与女子期（约会）于梁（桥）下，女子不来，水至不去，抱梁柱而死。”

成语“青梅竹马”“两小无猜”就是源自这首诗。

女人独守空房的现象，在古代商人和官宦家庭中是很普遍的，但在唐代以前，反映平民女子这种离恨的作品并不多。李白的诗作不仅反映了，而且反映得很深刻。妻子每天盼望着远去的丈夫归来，门前的小路都长青苔了（这说明丈夫不在家时，妻子也很少出门），秋天又到了，看着成双成对的蝴蝶，妻子的思念更加强烈：时光易逝，红颜易老！妻子在心里对远方的丈夫说，你什么时候回来，一定要提前捎个信，我愿意到长风沙（在安徽的安庆市，离南京大约七百里）去迎接你！这是何等强烈的思念，又是何等执着的情感！该诗不仅艺术性强，而且接地气，在当时是一个很了不起的贡献。

唐诗乃至于后来的宋词，都有一个很奇怪的现象，即在情诗中提到自己妻子的很少（悼亡诗除外），绝大多数情诗都是写给情人的，而这些情人又绝大多数是妓女。不过，有一个人例外，那就是杜甫。

杜甫有一首很著名的怀念妻子的诗《月夜》：

今夜鄜州月，闺中只独看。遥怜小儿女，未解忆长安。

香雾云鬟湿，清辉玉臂寒。何时倚虚幌，双照泪痕干？

公元756年，安史叛军攻破潼关，杜甫携家逃往鄜（读fū）州（今陕西富县，属延安市）羌村避难。后听说肃宗在灵武（今属宁夏）即位，欲赴灵武效力。谁知出发不久即被叛军俘获，被押解到长安。本诗即是杜甫在长安时思念妻子之作。诗的开头，作者并没有按常规写法，说自己看见月亮就勾起了思家之情。而是背面敷粉，从对方着笔。儿女还小，不懂得思念，但是妻子一定在望着月亮思念自己。夜深了，头发可能都被露水打湿了，手臂也应该感到有些寒冷了。什么时候我们才能在一起呢？等到月光一起照着我们两人的时候，你那思念的眼泪也才会干吧。此诗情感真挚，手法细腻，所以才会备受人们青睐，成为传诵名篇。

杜甫在其他诗中也经常提到妻子。如：

去年潼关破，妻子隔绝久。

（《述怀》）

老妻寄异县，十口隔风雪。

（《自京赴奉先县咏怀五百字》）

经年至茅屋，妻子衣百结。

（《北征》）

妻孥怪我在，惊定还拭泪。

（《羌村三首》）

老妻画纸为棋局，稚子敲针作钓钩。

（《江村》）

却看妻子愁何在？漫卷诗书喜欲狂。

（《闻官军收河南河北》）

像这样常把妻子挂在嘴边，写入诗篇的，除了杜甫之外，好像再没有其他人了，难怪梁启超要把杜甫封为“情圣”！

盛唐时期，诗人们一方面忙于仕途钻营，一方面忙于歌功颂德，在卿卿我我上花的时间自然少得多。中晚唐时期则不一样，自“安史之乱”之后，辉煌一时的唐王朝急剧衰落，皇室的权力旁落，生杀予夺的大权分别被宦官、官僚和藩镇掌握。虽有德宗李适（音 kuò）、文宗李昂少数几个皇帝想要励精图治，再现辉煌，但都因“运去不逢青海马，力穷难拔蜀山蛇”（李商隐《咏史》）而最终归于失败。在这种情况下，仕子们的进身之路就变得更加渺茫了。晚唐时诗人罗隐“少英敏，善著文”（辛文房《唐才子传》），却连考数届均落第。十二年后，他回到钟陵（今江西进贤县），遇见了一位早年相识的歌女——云英。云英惊问道：“罗秀才为何还是布衣？”罗隐便作一诗相答：“钟陵醉别十余春，重见云英掌上身。我未成名君未嫁，可能俱是不如人。”

(《赠妓云英》)一位十二年后仍然身姿窈窕的歌女，年轻时的美丽便可想而知，但是却嫁不出去，这能怪她自己吗？言外之意就是：我是没考上，但是那能怪我吗？这首诗正好道出了当年知识分子难于进身的状况。

仕途无望，情绪郁闷，很自然地会去寻求安慰和解脱之法，除了喝酒之外，更多的情况是在女人那儿求得精神的慰藉。这就是中晚唐时的情诗远比盛唐为多的原因。

说到情诗，就不能不提到白居易的《长恨歌》。关于《长恨歌》的主题，历来就有争论。其实，大可不必，既可以批判玄宗的好色误国，也可以歌颂李、杨二人对爱情的忠贞，二者并不矛盾，也不排斥。至于在艺术上的批评，那也是仁者见仁，智者见智。不过有些批评就有些外行了，比如宋人张戒在其《岁寒堂诗话》里说：“‘夕殿萤飞思悄然，孤灯挑尽未成眠’，此尤可笑。南内虽凄凉，何至挑孤灯耶?”笔者想，不知张戒如何理解“白发三千丈”，该不会说“头发虽长，何至三千丈耶”吧。

不管如何说长道短，反正《长恨歌》甫一出世，就极受人们喜爱。妓女们为了标榜自己的素质高，总是拿《长恨歌》来装门面：“我诵得白学士《长恨歌》，岂同他妓哉!”之所以会这样，其原因可能在于作品在爱情描写上的成功，以至于“在天愿为比翼鸟，在地愿为连理枝。天长地久有时尽，此恨绵绵无绝期”等句子，几乎成为后来青年男女互表忠诚时的标准誓词。

说到白居易就不能不说到元稹。

“曾经沧海难为水，除却巫山不是云。取次花丛懒回顾，半缘修道半缘君。”这首诗大家都非常熟悉，特别是第一句。这首诗是元稹为悼念他去世的妻子韦丛而作的《离思》五首中的一首。但比较起来，我更喜欢他的《遣悲怀》三首。且看第一首：

谢公最小偏怜女，自嫁黔娄百事乖。
顾我无衣搜荩箧，泥他沽酒拔金钗。
野蔬充膳甘长藿，落叶添薪仰古槐。
如今俸钱过十万，与君营奠复营斋。

韦丛是太子少保韦夏卿的小女儿，二十岁嫁给当时二十四岁的元稹。韦丛虽是大家闺秀，却是一个极为称职的妻子，不仅温婉贤淑，而且能吃苦耐劳，是一个名副其实的贤内助，因此夫妻感情甚笃。可惜老天不佑好人，韦丛在二十七岁时不幸逝去。元稹十分悲痛，时时思念这位曾与自己共度患难的发妻并写下了不少悼亡诗，上面所录仅是其中一首。

“谢公最小偏怜女”是倒装句，意为“谢公偏怜最小女”，这是借谢安喜欢小侄女谢道韫的典故，说明韦丛在家是很受宠爱的小女儿。“自嫁黔娄百事乖”是说自从嫁给我这个穷书生以后，日子过得很清苦（黔娄是战国时齐国的一位贫士）。颔联和颈联则列举了几件生活琐事：见我没衣服穿，你翻箱倒柜找布料为我做衣服；我想喝酒，你就拔下头上的金钗给我换酒喝（一个“泥”字下得极好，就是死乞白赖地软磨硬缠）；吃着豆叶之类的粗糙食物，你却觉得很香甜；每天仰望着庭院中的古槐树，是因为要指望着槐树的落叶当柴烧。寥寥二十八个字就让一个贤妻的形象活脱脱地立在了我们面前，这样的老婆，现代上哪儿找去？最后两句由回忆回到眼前：现在我当官了，年薪超过十万，当年你的愿望我都可以满足了，但是，你却不在了，我买了好吃的给谁吃？买了漂亮衣服又给谁穿呢？我只好经常给你烧纸，经常给你做道场，以弥补我心中的那份遗憾！读至此，只要是情商还正常的男人没有不为之泪下的。

虽然不少人对元稹的花心（韦丛去世后，元稹又找了好几位女人，甚至和四川才女薛涛有过一段姐弟恋）颇有议论，但是笔者认为，他对韦丛的思念是真心的。所以，笔者一直把这首诗列为悼亡诗中的上品。

比较起来，杜牧的情诗则是另一种味道。

相传，杜牧曾在湖州看中一个年仅十岁的女孩，他与女孩的母亲相约说：等我十年，十年内我必来迎娶。谁知世事难料，直到十四年后，杜牧才再到湖州。他来到女孩家欲践前言，其母说：等你十年不来，已于三年前出嫁，现在已经有两个孩子了。杜牧懊丧之余，作了一首《叹花》：

> 自恨寻芳到已迟，往年曾见未开时。
> 如今风摆花狼藉，绿叶成阴子满枝。

杜牧和晚唐时期大多数知识分子一样，经常在秦楼楚馆寻求慰藉，他的几首著名的情诗就是写给那些妓女的。如大家非常熟悉的《赠别》（之一）：

娉婷袅袅十三余，豆蔻梢头二月初。
春风十里扬州路，卷上珠帘总不如。

这首诗之所以出名，一大原因就是其比喻的新奇。自“巧笑倩兮，美目盼兮”（《诗经·卫风·硕人》）之后，形容女人美丽的词汇便层出不穷，“沉鱼落雁”“闭月羞花”之类几成陈词滥调。再用此等语言，不过拾人牙慧而已。杜牧另辟蹊径，以二月梢头的豆蔻花作比，既新奇，又切合实际。二月的豆蔻花含苞待放，鲜嫩无比，用来比喻十三四岁的女孩，再恰当不过了（“豆蔻年华”一词即从此诗得来，专指十三四岁的女孩）。比喻之外，又用了正衬的手法，扬州十里长街，美女如云，但都比不上眼前这女孩，其美丽也就可想而知了。

杜牧的情诗，手法都有独到之处。又如《赠别》（之二）：

多情却似总无情，惟觉樽前笑不成。
蜡烛有心还惜别，替人垂泪到天明。

情人在一起时是美好的，但分手时却是痛苦的。这种痛苦如何表现？“似无情”恰好就是多情，“执手相看泪眼”之时，哪里还能笑得出来？没有笑容，没有语言，两人对坐，直到天明，正是“此时无声胜有声”的表现。

不过，杜牧还是一个有抱负的人，他不会像柳永那样缠绵在红粉堆里，老死于温柔乡中。事后回味起来，他自己也觉得不值。且看他的《遣怀》：

落魄江湖载酒行，楚腰纤细掌中轻。
十年一觉扬州梦，赢得青楼薄幸名！

与杜牧齐名的李商隐，其情诗则完全是另外一种风格，最具代表性的就是他的《无题》诗。且看这一首：

相见时难别亦难，东风无力百花残。
春蚕到死丝方尽，蜡炬成灰泪始干。
晓镜但愁云鬓改，夜吟应觉月光寒。
此去蓬山无多路，青鸟殷勤为探看。

诗最忌讲死，如果每一个字都要坐实了，诗的韵味也就没有了。这首诗的大概意思是：我们相见一次太难了，正是因为见一次面太难，所以每次见面后的分别就更加难舍难分，我们虽然两情相悦，却没有条件谈婚论嫁。但是我对你的爱是不会改变的，正如春蚕吐丝，春蚕不死，其丝（谐音“思”）不完，又如燃烧的蜡烛，烛不成灰，烛泪不干。每天早晨对镜梳妆，我都会慨叹，时光易逝，红颜易老，你大概每晚也在沐浴着冷冷的月光，诉说着对我的思念吧。我们相隔其实并不遥远（但是见一次面竟是如此之难），多想有一只青鸟作为信使，以便时时向你传达我对你的痴情。

在我国的古诗词中，有关爱情描写的，不说一万，也有一千。但还没有谁能像李商隐那样把爱情描绘得如此缠绵悱恻、幽怨哀婉，更没有谁能做到如此朦朦胧胧、似真似幻！像这样的《无题》诗李商隐写了十几首，虽曰“无题”，并不是想不出题目，而是不愿意说得太明白，因此标题本身就带有朦胧感。直如“看似无晴却有晴”一样，李商隐的《无题》诗也是看似无题却有题。雾里看花、水中望月，虽不十分清晰，却另有一番韵味，这就是“朦胧美”。《无题》诗对朦胧美做了最好的诠释，所以，李商隐不愧是我国朦胧诗的老祖宗。

《无题》诗中有不少表达爱情的句子，不仅用语精警，而且比喻精当，因而成为表达爱情的名句，除前面所举的“春蚕到死丝方尽，蜡炬成灰泪始干”之外，“身无彩凤双飞翼，心有灵犀一点通”“春心莫共花争发，一寸相思一寸灰”“直道相思了无益，未妨惆怅是清狂”“梦为远别啼难唤，书被催成墨未浓”等，也是人们耳熟能详、引用率极高的名言警句。

杨花柳絮共诗舞

杨和柳虽同为杨柳科，但一为杨属，一为柳属，同科不同属。本是两种不同的植物，古诗词中却往往把它们捏合在一起成为一样东西——杨柳。虽称杨柳，其实是单指柳，杨花也就是柳花。

杜甫在《曲江对酒》中说“桃花细逐杨花落，黄鸟时兼白鸟飞”，而在《曲江陪郑八丈南史饮》中又说“雀啄江头黄柳花，鵁鶄鸂鶒满晴沙”，其中的“杨花”和“柳花”都是指柳花。

柳花因轻如絮、软如绵，所以又叫作“柳絮”或“柳绵”。无名氏《凤栖梧》说“柳絮欲停风不住，杜鹃声里山无数”，苏轼《蝶恋花》说“枝上柳绵吹又少，天涯何处无芳草”，其中的“柳絮”和“柳绵”也都指柳花。

韩翃《寒食》一诗云：“春城无处不飞花，寒食东风御柳斜。”其中的“花”也是指柳花（认真说来，柳絮和柳花其实并不是一回事，柳花是花，而柳絮则是果实。既然诗人们都和稀泥，我们就不必太较真了）。

柳絮既轻且白，飘飘洒洒，状如飞雪。晋代谢安的侄女谢道韫就因为将雪比作柳絮而被称作才女。据《世说新语·

言语》记载，谢安与子侄们讲论文义，恰逢大雪，谢安欣然曰："白雪纷纷何所似?"其侄谢朗答曰："撒盐空中差可拟。"谢道韫却答道："未若柳絮因风起。"从那以后，人们就把女人的文才称作"咏絮才"（《红楼梦》中有一则写薛宝钗和林黛玉两个人的判词："可叹停机德，堪怜咏絮才。玉带林中挂，金簪雪里埋。"其中的"咏絮才"就是指林黛玉）。

张先受谢道韫的启发，在《千秋岁》一词中也把柳絮比作飞雪："永丰柳，无人尽日花飞雪。"不过，韩愈似乎更具双向思维，他不仅把柳絮比作飞雪："杨花榆荚无才思，惟解漫天作飞雪。"（《晚春》）而且反过来将飞雪比作柳絮："白雪却嫌春色晚，故穿庭树作飞花。"（《春雪》）

因为柳絮像雪一样白，所以有的人又在其颜色上做文章，雍裕之就把柳絮和白发联系在了一起："无风才到地，有风还满空。缘渠偏似雪，莫近鬓毛生。"（《柳絮》）杜甫在《送路六侍御入朝》一诗中说："不分桃花红似锦，生憎柳絮白于绵。"（"分"读作"忿"，其意与"憎"相对）用桃花的红和柳絮的白相对比，一方面是说别人入朝为官，如桃花一样红，我却无官无职，像柳絮一样白；另一方面又可以理解为，桃花虽红艳，但是意味着时光流逝，而柳絮的白色，则意味着自己的头发正如柳絮一样变白了。

杨花、柳絮作为一种意象被选取入诗，含义极为宽泛。因为与柳有关，所以常被用来表达离恨之情：

腰肢渐小，心与杨花共远。

（吕渭老《薄幸》）

三见柳绵飞，离人犹未归。

（魏夫人《菩萨蛮》）

柳树吹绵，春天将尽，所以诗人又常借它来点明时令：

颠狂柳絮随风舞，轻薄桃花逐水流。

（杜甫《绝句漫兴》）

梨花淡白柳深青，柳絮飞时花满城。

（苏轼《和孔密州五绝·东栏梨花》）

更无柳絮因风起，惟有葵花向日倾。

（司马光《客中初夏》）

柳絮飞时别洛阳，梅花发后到三湘。

（贾至《巴陵夜别王八员外》）

有时候用来形容愁绪：

撩乱春愁如柳絮，悠悠梦里无寻处。

（冯延巳《鹊踏枝》）

试问闲愁都几许？一川烟草，满城风絮，梅子黄时雨。

（贺铸《青玉案》）

有时候用来形容琴声的悠扬飘忽：

浮云柳絮无根蒂，天地阔远随飞扬。

（韩愈《听颖师弹琴》）

有时候用来形容女人舞步的轻盈：

文鸳绣履，去似杨花尘不起。

（张先《减字木兰花》）

有时候用来隐喻男欢女爱：

乌啼隐杨花，君醉留妾家。

（李白《杨叛儿》）

既可以用来比喻飞黄腾达：

洞门高阁霭余辉，桃李阴阴柳絮飞。

（王维《酬郭给事》）

又可以用来比喻胡思乱想：

使君春思如飞絮，五马徘徊频驻。

（郑仅《调笑转踏》）

但更多的时候是被诗人借用来创设一种静谧优美的意境：

杏花香麦粥，柳絮伴秋千。

（柳中庸《寒食戏赠》）

梨花院落溶溶月，柳絮池塘淡淡风。

（晏殊《寓意》）

群芳过后西湖好，狼藉残红，飞絮蒙蒙，垂柳阑干尽日风。

（欧阳修《采桑子》）

梦魂惯得无拘检，又踏杨花过谢桥。

（晏几道《鹧鸪天》）

落絮无声春坠泪，行云有影月含羞。

（吴文英《浣溪沙》）

其实，诗词里的一个物象、一个词语往往含有多重意思，不是一两句话能够说得清的，甚至根本无法说清楚，只能意会，不能言传，而这恰好是诗词的魅力所在。就如魏夫人的《菩萨蛮》："溪山掩映斜阳里，楼台影动鸳鸯起。隔岸两三家，出墙红杏花。　绿杨堤下路，早晚溪边去。三见柳绵飞，离人犹未归。"魏夫人的丈夫曾布参与王安石变法，常年不在家，这首词就是表达她对丈夫的思念之情的。词中"鸳鸯"二字既是实景，又含寓意，即鸳鸯能够天天成双成对地在一起，而我们夫妻却不能；"出墙红杏花"也是这样，既是实景，又含寓意，红杏虽好，但是容易衰败，意指青春易逝。"绿杨堤下路"是送别的地方，也是归来的必经之地，所以早晚都要去看一看。"柳绵"则既指时间，又含思念。

顺便说一说，“红杏出墙”一般人都以为是源自叶绍翁的《游园不值》：“应怜屐齿印苍苔，小扣柴扉久不开。春色满园关不住，一枝红杏出墙来。”魏夫人是北宋时人，叶绍翁是南宋时人，魏夫人在宋朝是有名的才女，朱熹曾说：“本朝妇人能文者，惟魏夫人与易安耳。”叶绍翁肯定看过魏夫人这首词，所以，“红杏出墙”应源自魏夫人。不过，晚唐诗人吴融早在《途中见杏花》中就有这种创意了，其诗一开头就是“一枝红杏出墙头，墙外行人正独愁”，故魏夫人也可能是受了吴融的启发。

由于杨花、柳絮飘忽不定，行踪难觅，所以也常被诗人们用来表示人的轻薄无行或难以信赖。谢逸《花心动·闺情》“风里杨花轻薄情”，黄孝迈《湘春夜月》“欲共柳花低诉，怕柳花轻薄，不解伤春”，就是这个意思。

人们常把情感不专一的女人形容为“水性杨花”，也是从这个角度引申出来的。晏几道《木兰花》“旧时家近章台住，尽日东风吹柳絮”，就是以柳絮代指感情不专一的妓女。

但苏轼却不这么看，他在《水龙吟·次韵章质夫杨花词》中对杨花作了全新的形象塑造：

似花还似非花，也无人惜从教坠。抛家傍路，思量却是，无情有思。萦损柔肠，困酣娇眼，欲开还闭。梦随风万里，寻郎去处，又还被、莺呼起。

不恨此花飞尽，恨西园、落红难缀。晓来雨过，遗踪何在？一池萍碎。春色三分，二分尘土，一分流水。细看来，不是杨花，点点是离人泪。

在这里，杨花被塑造成了一个正在思念远方丈夫的闺中少妇，她身世飘零，无人疼爱，温婉可人，柔媚娇憨，情思绵绵，愁肠百结，让人一见之下顿生爱怜，这真是咏杨花的压卷之作！

文学作品就是这样，能道人所不能道、不敢道者才有可能成为上品和精品。正如柳花，人皆摹其形，状其貌，唯独无人能述其味，而李白却在《金陵酒肆留别》一诗中道："风吹柳花满店香，吴姬压酒劝客尝。金陵子弟来相送，欲行不行各尽觞。"大诗人的鼻子的确与众不同，偏能闻出众人都闻不出的柳花之香来！且这一"柳"一"香"又是何等精当，似是信手拈来，却有无限意蕴："柳"正好与题目中的"留别"相谐，既道出欲行者的依依不舍，又道出送行者的深情厚谊；而花香又带出酒香，为下联的"各尽觞"张目，同时也展现出作者的潇洒胸襟和广阔情怀。

一代文豪曹雪芹也在其传世之作《红楼梦》中借几首柳絮词为各位才女作性格诠释并暗示各人的命运。

探春的半阕《南柯子》："空挂纤纤缕，徒垂络络丝。也难绾系也难拘，一任东西南北各分离。"预示了她与家人骨肉分离的结局。之所以只让探春写半阕，许是曹公认为这半阕已足以概括探春的命运了罢。后半阕曹公安排宝玉来写:“落去君休惜,飞来我自知。莺愁蝶倦晚芳时,纵是明春再见——隔年期!”这后半阕却又成了宝黛爱情悲剧的谶语。

林黛玉的《唐多令》则用“飘泊亦如人命薄,空缱绻,说风流”“嫁与东风春不管,凭尔去,忍淹留”等句子,暗示其寄人篱下的悲苦和婚姻难偕、红颜薄命的悲剧。

曹公把一首别出新意的《临江仙》给了宝钗:“白玉堂前春解舞,东风卷得均匀。蜂围蝶阵乱纷纷:几曾随逝水?岂必委芳尘?　　万缕千丝终不改,任他随聚随分。韶华休笑本无根,好风凭借力,送我上青云。”不仅把宝钗含而不露又暗藏机锋的性格刻画得入木三分,而且把她不甘寂寞、欲攀高位的内心世界展现得淋漓尽致。

杨花本是无情物,用得妙时自有情。毛泽东同志也在其诗词中巧用过杨花和柳絮。毛泽东的夫人杨开慧和李淑一老师的丈夫柳直旬同在革命斗争中牺牲。解放后,李老师写了一首纪念其丈夫的词《蝶恋花》寄给毛泽东同志,这又勾起了毛泽东同志对杨开慧的思念,他也填了一首《蝶恋花》作为回答:

我失骄杨君失柳,杨柳轻飏直上重霄九。问讯吴刚何所有?吴刚捧出桂花酒。

寂寞嫦娥舒广袖,万里长空且为忠魂舞。忽报人间曾伏虎,泪飞顿作倾盆雨!

毛泽东同志利用谐音，巧妙地以杨花、柳絮借喻为杨开慧和柳直旬的姓，并让它们化为烈士的忠魂直上九天，匠心独运，妙手天成，实在是古今绝唱！

对偶成联趣味多

对偶和对联是汉字所独有的一种艺术表现形式。

“对偶”是一种修辞手法，对偶成句即是“对联”，对偶成句后用在诗词中时称为“对偶句”，用来贴在门框上的就叫“对联”。古代建筑一般在堂屋前有两根柱子，称为“楹”，对联往往贴在楹上，所以对联又叫“楹联”。

不管对偶还是对联，其关键都在于“对”。所谓“对”就是指上下两联不仅字数要相等，意思相关或相反，而且词语和句式也要相对应。我们且举杜甫的《绝句》来看看什么叫作对偶：

两个黄鹂鸣翠柳，一行白鹭上青天。
窗含西岭千秋雪，门泊东吴万里船。

偶者，成双也。这首诗一共四句，组成了两组对偶句。

“两个”与“一行”是数量词相对，“黄鹂”和“白鹭”既是名词对，又是颜色对，“鸣”和“上”是动词对，“翠柳”和“青天”是属于偏正结构的颜色名词对。“窗”和“门”是名词对，“西岭”和“东吴”既是地名对，又是方向对。“千秋”和“万里”是时空对，“雪”和“船”是名词对。杜甫被称为“诗圣”绝非浪得虚名，遣词造句相当精严，其诗中的佳对可以说是俯拾即是，这首绝句即可见一斑。

传说李白赶考时也有对联佳话。李白交卷后，杨国忠看也不看就把卷子扔了，还说什么“狗屁不通”，李白很不服气，拾起卷子送到杨的面前说：“何处不通，还望太师指教。”杨国忠心想，指出一点毛病还不容易吗？于是就接过卷子看了起来。为了替杨国忠多争取一些看卷的时间，高力士就叫李白过去，说：“咱家考考你。有一种小虫，秋天出生，冬天就死了，一辈子不知有春夏两季，我就以此为题出一上联，你对下联吧。我的上联是：‘生秋天，死冬天。不知春夏。’”李白一听，心想：这分明是在讽刺我没见过世面，那好，我也讽刺你一下。于是朗声对道：“坐南宫，守北殿。也是东西。”高力士上联有春、夏、秋、冬四季，李白以东、西、南、北四方相对，十分工稳。高力士的水平本就不高，一时理解不过来，只是见他对得快，就竖起拇指说：“不错，不错!”杨国忠可就急了，他知道，高力士绝非李白的对手，于是就叫李白过来，说：“我出一联你对。”李白说：“请太师出上联。”杨国忠说：“上月月圆，下月月缺，月月月圆对月缺。”李白应声答道：“今年年尾，明年年头，年年年尾接年头。”杨国忠见李白思维敏捷，心中一急，就爆粗口了：“两猿截木山中，这猴儿也能对锯(句)!”李白一听，心想，你无理就别怪我无情，于是答道："匹马陷身泥内，看畜生怎样出蹄（题）！"杨国忠大光其火，知道自己也不是李白的对手，于是喝令手下把李白叉了出去。

明代解缙也是一个对联高手。解缙虽然家境贫寒，却自幼聪慧异常，特别善于属对。解家河对面有一家财主，深宅大院，绿竹环绕，十分气派。那财主听说解缙善对，心中怀疑，就想考考他。于是就派人请解缙来家做客。解缙穿了一件用母亲的衣服改做的绿袄出席。财主身穿红色锦袍在门口迎接，一见解缙的寒碜模样，就想挖苦他一下，便随口出了一上联曰："出水蛤蟆穿绿袄。"解缙一听，心想：你请我来做客，甫一见面便出唇相讥，太没气度了，待我也来讥讽你一下。于是答道："落汤虾子着红袍。"财主一愣：我把他比作"出水蛤蟆"好歹是活的，他把我比作"落汤虾子"，却是死的，厉害！于是不敢小觑，请他入席。席上，财主指着一盘咸蛋说："剖开舟两叶，中有黄金白玉。"解缙随手拿起一个石榴答道："打破坛一个，内藏玛瑙珍珠。"财主又夹起一块咸蛋，尝了一口说："鸡蛋无盐真淡蛋。"解缙随即指着一盘红烧肥肠说："猪肠未切好长肠。"

财主心想，席上生风难不倒你，我就和你谈天说地，看你一个小孩子能有多大见识。于是说道："天作棋盘星作子，谁人能下？"解缙回答："地为琵琶路为弦，哪个敢弹？"财主看实在难不倒他，怕再对下去自己反要出丑了，于是只好恭恭敬敬地送走了解缙。

清代乾隆年间有一个四川才子李调元，从小聪颖，也善于属对。小时候他父亲指着檐上蛛网出一上联曰："蜘蛛有网难罗雀。"李调元即答道："蚯蚓无鳞欲变龙。"乾隆二十八年（1763年），李调元考中进士，任考功司员外郎。一次他从四川出发，经三峡至湖南考察吏治。湖南官员就在洞庭湖边的岳阳楼上设宴接风。那些官员听说李调元才情极高，便想考考他，看看是真是假。刚开席，一位官员便起身说道："洞庭湖八百里，波滚滚，浪滔滔，大人从何而来？"李调元一听，这哪里是问话，分明是出一上联要考我哪！于是赶紧答道："巫山峡十二峰，烟霭霭，雾沉沉，本官自天以降。"席面上有水果，水果引来了蜜蜂，一阵强风吹来，蜜蜂赶紧停在柱头上，一会儿风过，蜜蜂就飞走了。一位官员即以此为题，出一上联曰："风吹蜂，蜂息柱，风息蜂飞。"这是一种谐音对，难度极大。李调元拿起一个李子走到窗边，对着湖面沉思起来。只见不少鲤鱼唼喋水面，李调元便用李子向鲤鱼掷去，鲤鱼马上沉到了水底，一会儿，李子沉了下去，鲤鱼又浮了上来。李调元灵机一动，即回道："李打鲤，鲤沉底，李沉鲤浮。"几位官员也来到了窗边，只见几只白鹤正在湖边沙地上漫步。一位官员又说道："白鹤行沙，直书两行，正'个'字。"这时白鹤到了草丛边，惊起了一条赤练蛇，那蛇赶紧入水一扭一扭地游走了。李调元即答道："赤蛇渡水，横拖一笔，草'之'文。"

对联中有一种"无情对"，就是上下联之间字面对得很工整，但是意思却毫不相关，其创设者就是张之洞。张之洞和梁启超二人虽然年龄相差较大，但张喜爱梁的才华，二人成了忘年之交。有一次，二人在北京陶然亭喝茶，梁出一上联“树已半寻休纵斧”，请张对下联。张略一思索便答道：“果然一点不相干。”梁初时一愣，随即笑道：“好对，好对，字面十分工稳，但上下句之间的内容果然一点不相干！”张说：“这是我自创的联格，由于上下联内容毫无关联，我把它称作‘无情对’。”张停了一下，接着说：“你看这‘陶然亭’如何对?”梁答曰：“若按无情而论，阁下的名字便是妙对。”

民国年间，有一年我国留法学生取得了极好的考试成绩，驻法公使馆便举行酒会以示庆祝。有人出了一上联“公门桃李争荣日”，请大家对下联，大家正在思索时，有人高声答曰：“法国荷兰比利时”。初时众人不解，继而全体灿然。原来这就是无情对，上下联内容毫不相关，但从字面上看，却对得十分工稳。“公门”即公家之门，偏正结构，“法国”即依法之国，亦为偏正结构；桃树李树乃木本植物，荷花兰花则是草本花卉；“争荣日”可讲成“争得荣誉的日子”，“比利时”可讲成“比较利弊的时候”。大家不得不佩服道：“实在是高！”

还有一种回文对也很有趣。回文应属一种修辞手法，利用同一词语的反复出现，形成音节的复沓美。

民国初年，四川商会会长樊孔周和四川军阀刘存厚沆瀣一气、狼狈为奸，人们痛恨至极。后来两人遭到刺杀，樊孔周身中数刀，一命呜呼；刘存厚却侥幸逃脱，捡得一命。老百姓拍手称快之余，又感到些许遗憾。为此，有人作了一副对联："樊孔周周身是孔，刘存厚厚脸犹存。"

抗战胜利后，蒋介石发动内战，称之曰"戡乱"。在西北手握重兵的第一战区司令长官胡宗南担任急先锋。胡宗南手下有两员大将——二十九军军长刘戡和驻守宝鸡的整编师师长徐保。后来这两人被解放军击毙，蒋介石在西安为他们开追悼会，有人就写了一副对联相讽刺："刘戡戡内乱，内乱未戡戡先死；徐保保宝鸡，宝鸡不保保成仁。"这两联都是比较好的回文联。

还有一种嵌名联也很有意思。顾名思义，嵌名联就是把人名、地名、店名等嵌入对联之中。

成都北面的新都有一处名胜——桂湖，明代才子杨慎和妻子黄娥在此居住多年。郭沫若为桂湖题联曰："桂蕊飘香，美哉乐土；湖光增色，换了人间。"把"桂湖"二字嵌入其中。嵌字不一定都在第一个字，可以在中间，也可以在末尾。成都有一家书报社叫"爱智书报社"，门口有一副对联："具真爱情，名人小说；生大智慧，近世新闻。"就是把社名分别嵌在了上下联的第三个字上。北京有一爿豆花店，大门对联是："弟兄手足情，休得燃萁煮豆；夫妇残痕体，只能走马观花。"把"豆""花"二字分别嵌在了上下联的最后一个字上。

有一种嵌名联将一个字嵌入多次，一方面可以起到强调的作用，一方面也可以收到复沓美的效果。杭州西湖边有一座“仙乐酒家”，其大门外有一副对联曰：“翘首仰仙踪，白也仙，林也仙，苏也仙，今我买醉湖山里，非仙也仙；及时行乐地，春亦乐，夏亦乐，秋亦乐，冬来寻诗风雪中，不乐亦乐。”就是将店名“仙”“乐”二字分别嵌入多次。（“白”指白居易，“苏”指苏东坡，二人均曾在杭州为官，现在西湖的“白堤”和“苏堤”就是二人留下的遗迹。“林”指林和靖，他是西湖边的隐逸之士，酷爱梅花和仙鹤，终身未娶，以梅为妻，以鹤为子，呼为“梅妻鹤子”）

数字联也相当有趣，不过也相当难对。北宋时，有人出了一上联“三光日月星”征求下联。起初，人们认为，不过五个字而已，随便就能对上了。谁知提起笔来，才知难度极大。其关键在于，一个“三”字后面有三个实词与之对应，下联又不能再用“三”，而其他的数字又如何与后面的三个字对应呢？后来还是苏轼对上了，他的下联是“四诗风雅颂”。秦以后，有四家讲诗的，分别叫作“齐诗”、“韩诗”、“鲁诗”和“毛诗”，总称为“四诗”，实际上就是一部书的四种版本，统称为“诗”（当时还没有“诗经”一说），所以苏轼的下联是对得不错的（东汉时，大经学家郑玄为“毛诗”作了笺注，其他三家诗便逐渐散失，我们现在看到的《诗经》就是毛诗）。

清代的郑板桥以诗书画三绝著称于世。有人送了他一上联“三绝诗书画”，请他自己对下联。又是“三”字开头，郑板桥一时也对不出来。后来他和朋友谈起此事，倒是那位朋友替他对出来了，即“一官归去来”。

1953 年，我国曾组织一个科学考察团出国考察，由钱三强任团长，团员有华罗庚、张钰哲、赵九章、朱洗等多位著名科学家。当时尚未开通空中航线，只能坐轮船。途中闲暇无事，有人提议属对消遣，大家都赞成。有人即出了一上联曰：“三强韩赵魏。”此联不仅因“三”字而难，“三强”二字又暗含代表团团长钱三强的名字，这就难上加难了！众人绞尽脑汁，搜肠刮肚，冥思苦想，终无善对。最后华罗庚叫了起来：“九章勾股弦！”我国古代（大约公元 1 世纪）有一部数学著作《九章算术》，共有九章，第九章讲的就是勾股弦问题。华罗庚下联中的“九章”二字又暗含代表团中地球物理学家赵九章的名字。大家一听，不禁拍案叫绝！

前些年，山东一家酒楼出了一上联征求下联。上联是“三星白兰地”。一时之间，应征之下联不下数万，最终评定的最佳下联为“五月黄梅天”。

数字对中还有一种较为特殊的形式，需要进行运算才能明白，因此又称为“算式对”。民国初年，曾任国务总理的熊希龄和复旦大学教授毛彦文的婚礼曾引起很大轰动，这一方面是因为两人都是当时的名人，另一方面则是因为两人年龄悬殊。熊希龄当时已六十六岁，而毛彦文只有三十三岁。有人就此作了一副对联和他们开玩笑：

潘郎六六，萧娘三三，潘郎萧娘九十九；

白发双双，红颜对对，白发红颜眉齐眉。

第一联中就用了加法：66 + 33 = 99。（潘郎、萧娘都是古时对情人的泛称）

相传乾隆曾给一位一百四十八岁的老人赐了一副对联：

花甲喜重逢，更加了四七岁月；

期颐祝再至，还应有五二春秋。

“花甲”是六十岁，重逢就是两个花甲，那就是一百二十岁；四七岁月用了乘法，四乘以七是二十八，具体算式是：60 × 2 + 4 × 7 = 148。

下联中的“期颐”是指一百岁，“再至”就是再来个一百岁，那就是两百岁，但是现在才一百四十八岁，还差五十二岁：200 − 148 = 52，所以说“还应有五二春秋”。

文学属于形象思维，数学则属于逻辑思维，这样的对联把两种思维结合起来，还是蛮有意思的。

还有一种药名联，即将中药名嵌入对联之中，利用其谐音来作别解，非常有趣。

解放前，重庆南纪门有一家非常有名的中药铺，那就是柏兆年父子经营的“德泰恒”。当时，重庆的达官贵人有病没病都爱往德泰恒跑，因为吃得起德泰恒的药，就表明身份不同于一般。有一天，孔祥熙的二女儿——有名的孔二小姐来到了德泰恒，她除了要买点大补的药以外，还想要一副中药名的对联。柏兆年当即写下一联：

马郎多情，红娘合欢一见喜；
君子爱花，紫苑迎春广木香。

联中一共有八味中药：马榔，红娘，合欢皮，一见喜，使君子，紫苑，迎春花，广木香。

李时珍是我国明代著名的医学家、药物学家，据传他的婚姻是由药名联而来。

有一天，李时珍从山上采药归来，只见当地颇有名气的药铺同仁堂的大门前人头攒动，询问周边的人，才知道是药铺的王掌柜欲为其独生女儿王掌珠招女婿，掌珠自己拟出了一上联悬挂在药铺门前，并言明谁能对出下联，她便以身相许。李时珍上前一看，大门上果然挂着一上联：

刘寄奴插金簪戴银花，比牡丹芍药胜五倍，
从容出阁，含羞寄往槟榔；

此联嵌入九味中药名，表明了王小姐含羞招婿的意思，别有一番苦心。要对上这种药名联，必须具备两个条件：①懂中药；②有文才。李时珍出身中药世家，不仅熟悉中草药，而且自幼饱读诗书，文才也很不错。他思忖片刻，让人拿来文房四宝，文不加点便写出了下联：

徐长卿持大戟跨海马，与木贼草寇战百合，
旋复回朝，车前欲会红娘。

围观的人不禁鼓起掌来。王掌柜听见掌声，赶紧出来，只见一下联墨迹未干，不仅也嵌入九味中药，而且表示出求婚的意愿，文采不错，忙问是何人所写，李时珍急忙上前答礼。

王掌柜见李时珍虽然衣着朴素，但眉宇间却透出一股英气，就想再考查一下，于是随口吟出一上联：

一身蝉衣怎进将军府？

李时珍应声答道：

半只木笔敢书国家志！

王掌柜又道：

扶桑白头翁有远志；

李时珍又答：

淮山红孩儿不寄生。

王掌柜见他应对敏捷，出口不凡，心中非常欢喜，正准备请李时珍进屋，不料掌珠小姐却出来了。原来她早在门内观察多时，见李时珍应对不俗，便想亲自考查一下。她站在父亲身边吟出一联曰：

听徐长卿奏黄芩，沉香阁内曲曲惊云母；

李时珍见王小姐花容月貌，妩媚动人，不觉怦然心动，精神振奋，当即答道：

闻女贞子弹琵琶，防风屏前声声动天仙。

掌珠一听，满心欢喜，瞟了李时珍一眼，便含羞掩面，转身离去。王掌柜知道女儿已经首肯，也自欢喜非常。李时珍回家将此事禀告了父母，父母也很高兴。不久，掌珠就嫁到了李家。掌珠不仅聪明美丽，而且贤惠能干。李时珍经常上山采药，她就把家务管理得井井有条。李时珍编撰《本草纲目》时，出身医药世家的掌珠便成了其好帮手。《本草纲目》能被译成多国文字，成为世界知名的医药学著作，李时珍的妻子王掌珠也功不可没。

借用套用与化用

文学创作有相当强的继承性，它不仅表现在创作思想和创作手法上，而且也表现在词句的借用、套用和化用上。作家把前人的名句、成句借过来直接移植到自己的作品中就是借用；如果并不全部借用，而只是借其句式进行改头换面，所创新句酷似原句而境界大变，就是套用；如果既不借用也不套用，而是从原句神髓中点化而来，雪泥鸿爪、若有若无，不仔细思考极难看出其深意，就是化用。

唐宋八大家之一的欧阳修有一首著名的词《蝶恋花》："庭院深深深几许？杨柳堆烟，帘幕无重数。玉勒雕鞍游冶处，楼高不见章台路。　　雨横风狂三月暮，门掩黄昏，无计留春住。泪眼问花花不语，乱红飞过秋千去。"后来李清照在丈夫赵明诚去世以后流落福建，为抒发自己的孤独寂寞之情作了一首《临江仙》，该词就直接把欧词的第一句作为了自己的开头："庭院深深深几许？云窗雾阁常扃。柳梢梅萼渐分明。春归秣陵树，人老建康城。　　感月吟风多少事，如今老去无成。谁怜憔悴更凋零。试灯无意思，踏雪没心情。"作者在词前有一段小序："欧阳公作《蝶恋花》，有'深深深几许'之句，予酷爱之，用其语作'庭院深深'数阕，其声即旧《临江仙》也。”作者明说是因为“酷爱”欧句，所以毫不客气地借用过来植入自己的词中。词句虽然相同，但表达的意思却不一样。欧词表达的是暮春时节的惜春之意，而李词表达的却是初春时节的飘零之感。因此，虽然是整句相借，但还是把握住了一个为我所用的原则。

其实，欧阳修也很会借用前人的成句。唐代诗人朱庆余在应进士科举考试之前，怕自己的文章不一定合主考官的口味，于是便写了一首诗向当时擅长文学而又乐于提携后进的水部郎中张籍征求意见，① 其诗云：“昨夜洞房停红烛，待晓堂前拜舅姑。妆罢低眉问夫婿，画眉深浅入时无？”全诗以比体写成，用新嫁娘喻自己，用新娘将要见公婆喻自己将要参加考试，最后一句则是问自己的文章是否合考官口味和时代潮流。诗写得很巧妙、很委婉，既展现了自己的才华，又体现了自己的谦虚和谨慎，可谓一箭双雕，意味隽永。张籍也是个中高手，也用比体写成一诗作答：“越女新妆出镜心，自知明艳更沉吟。齐纨未足时人贵，一曲菱歌敌万金。”意思是说，你如越地美女（朱是浙江绍兴人），光彩照人，完全不用担心。朱诗问得巧，张诗答得妙，一问一答，珠联璧合，一时传为诗坛佳话。

欧阳修对这两首诗也极为欣赏，他在自己的词作《南歌

① 唐代科举考试素有行卷之风，即应试者将自己的作品干谒名人，希望他做自己的推荐人，否则便很难入选。

子》中就直接借用了“画眉深浅入时无”一句：“凤髻金泥带，龙纹玉掌梳。去来窗下笑相扶，爱道：画眉深浅入时无？”欧阳修写的也是一位新嫁娘，但不是虚拟的，而是实实在在的，因此，“画眉”一句已经不含寓意，而是生动地描述了一位新婚女子内心的兴奋与喜悦、满足与羞涩。

这种一字不易的借用，还有很多例子。比如辛弃疾的《木兰花慢》：“汉中开汉业……君思我，回首处，正江涵秋影雁初飞。”其最后一句就是借用唐代诗人杜牧《九日齐山登高》的“江涵秋影雁初飞，与客携壶上翠微”。吕渭老《小重山》一词下阕起首曰：“千里暮云平，南楼催上烛，晚来晴。”即来自唐代诗人王维的《观猎》一诗：“回看射雕处，千里暮云平。”大诗人李白也借用过前人的诗句，其《宫中行乐词（其二）》中的“柳色黄金嫩”一句就是借用南北朝诗人阴铿的诗句。杜甫也借用过李白的诗句，他的《绝句二首（其二）》“今春看又过，何日是归年”后面一句就是借用李白《奔亡道中（其一）》中的“何日是归年”一句。

被称为“诗鬼”的唐代诗人李贺因想象丰富、造语奇特，诗中常有佳句出现，如“黑云压城城欲摧”“雄鸡一声天下白”等都是脍炙人口的名句。他的诗句常被后人借用。他有一首著名的诗《金铜仙人辞汉歌》，其中的一联“衰兰送客咸阳道，天若有情天亦老”被司马光赞为“奇绝无对”的名句。这两句诗因意境辽阔高远、感情执着深沉而为人们所喜爱，成为后人借用的对象。宋代词人贺铸就把它用在了自己的词作《行路难》中：“缚虎手，悬河口，车如鸡栖马如狗。白纶巾，扑黄尘，不知我辈，可是蓬蒿人！衰兰送客咸阳道，天若有情天亦老。”李贺的诗句是借“金铜仙人”离开故都时思悠悠、恨悠悠的凄苦情怀来表现自己因仕进无望、被迫离开长安的痛苦心情。贺铸因不为当权者所用而被迫离开京都，心中的失望与苦闷几乎与当年李贺的心境一模一样，因而信手拈来其名句融入自己的词中。虽是借用，却天衣无缝、了无痕迹，不仅无抄袭之嫌，反而使自己的词作增加了无限色彩。可见，适当借用前人成句也不失为诗词创作的一个重要手段。

毛泽东同志也很喜欢李贺的诗。他在《人民解放军占领南京》一诗中，也借用了李贺这句诗：“天若有情天亦老，人间正道是沧桑。”不过，毛泽东同志已经跳出了个人的圈子，同样一句诗，他所表达的已不再是个人的得失与恩怨，而是表现了时代的沧桑巨变，其境界当然也就远远超过了前人。

贺铸是很善于借用前人成句的。五代时牛希济曾有一首《生查子》，写离情别意，悱恻温厚，饶有韵味：“春山烟欲收，天淡星稀小。残月脸边明，别泪临清晓。　语已多，情未了，回首犹重道：记得绿罗裙，处处怜芳草。”一对即将分别的恋人，说了一夜的情话，仍然情切切、意绵绵，男主人公走出后又回头对女方说：我会永远记得你的绿色裙子的，并会因此热爱天边所有绿色的芳草；反过来，当我一看见绿色的芳草，我就会想起你这条绿色的裙子。造语自然，感情真挚，因此很受人们的赞赏。后来，贺铸也写了一首《生查子》，又把这两句植入了自己的词中："东风柳陌长，闭月花房小。应念画眉人，拂镜啼新晓。　　伤心南浦波，回首青门道。记得绿罗裙，处处怜芳草。"这应该是一首和词，和人家的词而又用人家的原句，这应该是绝无仅有的一例。贺铸因为太喜欢"绿罗裙"的创意，不仅借用了原句，甚至将词牌都改成了《绿罗裙》。所不同的是，牛希济写的是分手之际的缠绵之意，贺铸写的则是分手之后的思念之情。

王安石有一首《菩萨蛮》："数间茅屋闲临水，窄衫短帽垂杨里。花是去年红，吹开一夜风。　　梢梢新月偃，午醉醒来晚。何物最关情，黄鹂三两声。"其中第一句借自刘禹锡《送曹璩归越中旧隐诗》中的"数间茅屋闲临水，一盏秋灯夜读书"，第五句借自韩愈《南溪始泛》中的"点点暮雨飘，梢梢新月偃"，第六句则来自方棫的"午醉醒来晚，无人梦自惊"（失题）。一首词共八句，竟有三句借自唐人诗句，这也算是较为新奇的了，不过这还不算是最多的。

诗词创作中还有一种极为特殊的形式——集句。所谓集句，就是全部借用前人诗词中的现成句子，经过巧妙的组合构成一首新诗或者新词。集句成诗最早见于西晋傅咸的《七经诗》，集句成词的开创者则是王安石。集句难度极大，完全借用不同诗词中的完整句子组成一首新诗或者新词，不仅要句意连贯，能贴切地表达作者的思想感情，还要韵脚相符、平仄相合，所以若非个中高手，一般不敢轻易采用这种形式。苏轼的《南乡子》就是一首典型的集句词作：

怅望送春怀，渐老逢春能几回。花满楚城愁远别，伤怀，何况清丝急管催。

吟断望乡台，万里归心独上来。景物登临闲始见，徘徊，一寸相思一寸灰。

这首词里除了“伤怀”“徘徊”四个字之外，其余全是借用唐人的现成诗句。第一句“怅望送春怀”来自杜牧的《惜春》：

春半年已除，其余强为有。即此醉残花，便同尝腊酒。
怅望送春怀，殷勤扫花帚。谁为驻东流，年年长在手。

第二句“渐老逢春能几回”借自杜甫《绝句漫兴九首》的第四首：

二月已破三月来，渐老逢春能几回。
莫思身外无穷事，且尽生前有限杯。

第三句“花满楚城愁远别”借自许浑的《竹林寺别友人》：

骚人吟罢起乡愁，暗觉年华似水流。
花满楚城伤远别，蝉鸣萧寺喜同游。

前山月落杉松晚，深夜风清枕簟秋。
明日分襟又何处？江南江北路悠悠。

第五句“何况清丝急管催”借自刘禹锡《洛中送韩七中丞之吴兴口号五首》之三：

今朝无意诉离杯，何况清弦急管催。
本欲醉中轻远别，不知翻引酒悲来。

第六句“吟断望乡台”借自李商隐的《晋昌晚归马上赠》：

西北朝天路，登临思上才。城闲烟草遍，村暗雨云回。
人岂无端别，猿应有意哀。征南予更远，吟断望乡台。

第七句“万里归心独上来”借自许浑的《冬日登越王台怀旧》：

月沉高岫宿云开，万里归心独上来。
河畔雪飞扬子宅，海边花盛越王台。
泷分桂岭鱼难过，瘴近衡峰雁却回。
乡信渐稀人渐老，只应频看一枝梅。

第八句“景物登临闲始见”借自杜牧的《八月十二日得替后移居霅溪馆因题长句四韵》：

万家相庆喜秋成，处处楼台歌板声。
千岁鹤归犹有恨，一年人住岂无情？
夜凉溪馆留僧话，风静苏潭看月生。
景物登临闲始见，愿为闲客此闲行。

第十句则是借自李商隐的《无题》：

飒飒东风细雨来，芙蓉塘外有轻雷。
金蟾啮锁烧香入，玉虎牵丝汲井回。
贾氏窥帘韩掾少，宓妃留枕魏王才。
春心莫共花争发，一寸相思一寸灰。

和借用一样，套用也是诗人们在创作中常常采用的方法。他们并不全盘照搬原句，而只是借用原句的句式，稍微改动几个字就使句意全新，境界迥异。李贺在其诗作《致酒行》中有这样的句子：“我有迷魂招不得，雄鸡一声天下白。”毛泽东同志在其词作《浣溪沙·和柳亚子先生》中有“一唱雄鸡天下白，万方乐奏有于阗”这样的句子，李贺的词意为：黑暗的长夜即将过去，光明的新的一天就要到来。而毛泽东同志的词意则为：黑暗的长夜已经过去，各民族同胞聚在一起欢庆今天的幸福生活。“一声”改为“一唱”，词序稍作调整，意思不同，境界大变，这就是套用的效果。我们所熟知的王勃《滕王阁序》中的名句“落霞与孤鹜齐飞，秋水共长天一色”，就是套用南北朝著名诗人庾信的句子。庾信有一篇《马射赋》，其中有这样的句子：“落花与芝盖同飞，杨柳共春旗一色。”句式优美，只是显得太小气。王勃套用过来，稍动几个字就变得雄浑辽阔，境界大不相同，真是点石成金，化平凡为神奇。王勃的另一名句“海内存知己，天涯若比邻”也是套用的成句。建安诗人曹植在

《赠白马王彪》一诗中有这样的句子："丈夫志四海，万里犹比邻。"这是曹植在其兄曹丕的迫害下，与异母弟白马王曹彪分手时相互劝勉的句子。王勃在《送杜少府之任蜀州》一诗中套用其句，稍作改动，变为朋友之间的相互劝勉："海内存知己，天涯若比邻。"朋友与兄弟相比，有更大的外延，而"天涯"与"万里"相比，则有更大的空间。空间的外延，使其具有了更大的包容性，因而也具有了更大的适用性，所以，曹诗名气不大，而王诗却成了流传极广的千古名句。

套用前人成句而自创新句的情况，在诗词创作中是极为常见的，李清照《一剪梅》中的名句"花自飘零水自流"就是套用唐人刘长卿的诗句，刘的原诗为："猿啼客散暮江头，人自伤心水自流。同作逐臣君更远，青山万里一孤舟。"(《重送裴郎中贬吉州》)

还有一种套用形式，不是只套用一两句，而是整首诗全部套用，通过更换少量词语而成就一首新作，这种套用往往是戏谑的成分居多，因此新作往往意义不大，但是幽默风趣，令人捧腹。

唐代崔护的《题都城南庄》大家都很熟悉。今人有去一古镇游玩者，见一卖麻花的铺面名为"桥头斋"，一红衣女孩正在案板上搓麻花。这女孩体态丰满，身材修长，粉面玉臂，楚楚动人。第二年，他又欲借买麻花之名欣赏一下这女孩，谁知搓麻花者已经换了人。大失所望之余，他便套用崔护的《题都城南庄》写下一首《再过桥头斋铺》:“去年今日此门过，人面麻花相对搓。人面不知何处去，麻花依旧下油锅。”

南宋高翥见有的人平时花天酒地，全然忘记了父母的养育之恩和教诲之言，而清明节却又不得不随大流到父母坟前烧纸祭奠，于是就写了一首《清明祭酒》诗对此进行讽刺:

南北山头多墓田，清明祭酒各纷然。
纸灰飞作白蝴蝶，泪血染成红杜鹃。
日落狐狸眠冢上，夜归儿女笑灯前。
人生有酒须当醉，一滴何曾到九泉。

到了明代，相传有两个秀才因为争考试成绩排名的先后而大打出手，结果一人头巾被扯破，一人脑袋被打烂。此事一时传为儒林笑谈，有人便套用高翥《清明祭酒》一诗对此进行讽刺:

南北斋生多发颠，春来争榜各纷然。
网巾扯作黑蝴蝶，头发染成红杜鹃。
日暮二人眠阁上，夜归朋友笑灯前。
人生有架须当打，一棒何曾到九泉。

这种整首套用的情况，前人又称作“剥皮”，整首套用而成的诗也就叫作“剥皮诗”。

宋代程颢有一首《春日偶成》:

云淡风轻近午天，傍花随柳过前川。
时人不识余心乐，将谓偷闲学少年。

清代有一位学子极怕老婆，经常被老婆罚跪床前，于是也套用程颢的《春日偶成》作成一首剥皮诗《惧内即景》自嘲：

云淡风轻近晚天，傍花随柳跪床前。
时人不识余心苦，将谓偷闲学拜年。

“文革”时期，不少知识分子被打成黑帮而遭到批斗，著名作家廖沫沙作为“三家村”的一员，也未能幸免，经常被抓去批斗。批斗时，被批斗者不仅要弓腰曲背表示认罪，还经常被勒令跪在台上。廖沫沙也套用程颢的《春日偶成》作成一首剥皮诗自嘲：

云淡风轻近午天，弯腰曲背到台前。
时人不识余心乐，将谓偷闲学拜年。

套用也是文学创作中一种极其重要的手法，但其成功的原则就是必须比原句的境界更高，否则就成了“画虎不成反类犬”。李清照在其著名词作《声声慢》中，有一个大胆的创新，她为了表达自己若有所失、心神不宁、孤寂凄清但又不甘沉沦的心态，在词的开头就出人意料地一连用了七对叠字：“寻寻觅觅，冷冷清清，凄凄惨惨戚戚。”这十四个字用语浅近，却以一种震撼人心的力量唤起了人们对作者的深切同情与无限崇敬。

后来，有不少人都想套用这种叠字的形式，但几乎没有一个人能超越李清照。如元人赵明道为描述一个女子的离怀别苦，在【越调·斗鹌鹑】《题情》中一连用了十六对叠字："燕燕莺莺，花花草草。穰穰劳劳，多多少少。娟娟娇娇，亭亭袅袅，鸾凤交，没下梢，空耽了些是是非非，受了些烦烦恼恼。"这些叠字的运用虽然也反映了思妇对过去美好时光的留恋和对心上人的无限思念，但总体却并没有因为叠字而出彩。

乔吉的【越调·天净沙】《即事》，整首小令由十四对叠字组成："莺莺燕燕春春，花花柳柳真真，事事风风韵韵，娇娇嫩嫩，停停当当人人。"像这样的套用，因形式和内容的表现力都没有超出前人，所以总给人一种刻意模仿、做文字游戏的感觉。

不管是借用还是套用，如果知道原句则很容易辨认，而化用就不一样了，即使知道原句有时也不容易看出来。我们且看下面一首词：

> 锁离愁，连绵无际，来时陌上初熏。绣帏人念远，暗垂珠露，泣送征轮。长亭长在眼，更重重、远水孤云。但望极楼高，尽日目断王孙。
>
> 销魂。池塘别后，曾行处、绿妒轻裙。恁时携素手，乱花飞絮里，缓步香茵。朱颜空自改，向年年、芳意长新。遍绿野，嬉游醉眼，莫负青春。
>
> （韩缜《凤箫吟·芳草》）

这首词的作者韩缜是宋神宗时的宰相。据《宋史·列传七十四》所载，熙宁七年，辽使萧禧来议代北地界，韩缜奉命“持图牒致辽主”，也就是作为边界谈判代表团的团长。因为这次出差路途远、时间长，韩缜与其爱妾刘氏剧饮通宵，缠绵悱恻之情充溢胸间，便于临别时写下了这首词，题名《芳草》。以芳草喻离愁，本是我国诗词中的传统，韩缜虽然也因袭了这个传统，但并没有把芳草仅仅作为一个意象来使用，而是整首赋咏春草，并且多侧面地把它作为离愁的象征来进行描写。由于情真意切、意蕴深邃，后人便把这首词推为咏草的典范之作，将它与苏轼咏杨花的《水龙吟》、周邦彦咏柳的《兰陵王》一起并称为三大咏物词。后来，人们就干脆以“芳草”作为该词的词牌。这首词能取得如此好的艺术效果，多处化用前人诗句应是其中一个重要原因。词的一开头就化用了李煜《清平乐》“离恨恰如春草，更行更远还生”的词意。李词借“野火烧不尽，春风吹又生”的芳草来抒发自己对入宋未归的弟弟的思念之情。在这里，“芳草”既是喻象又是意象，同时还是作者的心象。韩词化用其意，也用“连绵无际”的芳草来表现自己无边无沿的“离愁”。（其实，李词也非自己的创意。汉乐府《相和歌辞·饮马长城窟行》有“青青河畔草，绵绵思远道”的句子，李词即是由此点化而来）“长亭长在眼”一句是从李白《菩萨蛮》“玉阶空伫立，宿鸟归飞急。何处是归程？长亭连短亭”中化出的。“但望极楼高，尽日目断王孙”两句从《楚辞·招隐士》“王孙游兮不归，春草生兮萋萋”中化出。而“池塘”两字则暗用了南北朝诗人谢灵运《登池上楼》中的名句“池塘生春草，园柳变鸣禽”，这也是化用，因为“池塘”可引出“春草”，既合题又合景。至于“绿妒轻裙”一句，则很显然是化用了牛希济的“记得绿罗裙，处处怜芳草”。其实，把“芳草”和女人的“裙子”联系起来并非牛希济的首创，其创意应该是来自杜甫。杜甫在《琴台》一诗中就有“野花留宝靥，蔓草见罗裙”的句子，牛希济应该是从杜甫那儿受到了启发。但最早把裙子和青草联系起来的也并非杜甫，南朝陈代江总的妻子曾有一首《赋庭草》诗，里面有这样的句子：“雨过草芊芊，连云锁南陌。门前君试看，是妾罗裙色。”而“朱颜空自改，向年年、芳意长新”一句仍然是化用！大家都很熟悉刘希夷的《代悲白头翁》一诗，那是因为里面有一联名句：“年年岁岁花相似，岁岁年年人不同。”韩词正是化用其“时光易逝，红颜易老”的诗意，表达了自己不愿辜负青春的强烈愿望。此词缠绵悱恻、情真意切，不仅感动了刘氏，甚至感动了神宗皇帝。据叶梦得《石林诗话》载：“元丰初，夏人来议地界，韩丞相玉汝（韩缜字）出分画。将行，与爱妾刘氏剧饮通夕，且作词留别。翌日，忽中批步军司遣兵为搬家追送之。初莫测所由，久之，方知自乐府发也。”

我们再以黄庭坚的《寄黄几复》一诗为例，加深对化用的了解：

我居北海君南海，寄雁传书谢不能。
桃李春风一杯酒，江湖夜雨十年灯。
持家但有四立壁，治病不蕲三折肱。
想见读书头已白，隔溪猿哭瘴溪藤。

此诗作于宋神宗元丰八年（1085 年）。黄几复是黄庭坚儿时好友，当时任广东四会县知县。该诗起首一句就化用了《左传·僖公四年》中的一段话："齐侯伐楚。楚子使与师言曰：'君处北海，寡人处南海，惟是风马牛不相及也，不虞君之涉吾地也，何故?'"第二句则是化用《汉书·苏武传》中汉使为索苏武托言天子射雁得书一事，以及《滕王阁序》中"雁阵惊寒，声断衡阳之浦"之意。第三、四句则综合化用了杜甫《春日忆李白》"何时一杯酒，重与细论文"、《天末怀李白》"鸿雁几时到，江湖秋水多"、《梦李白》"江湖多风波，舟楫恐失坠"，以及李商隐《夜雨寄北》"君问归期未有期，巴山夜雨涨秋池"等诗句中的意思。"持家但有四立壁"一句很明显是化自司马相如"家居徒四壁立"的典故，而"治病不蕲三折肱"则化自《左传·定公十三年》中的一句古代成语"三折肱，知为良医"。"想见读书头已白"一句又是化自杜甫怀念李白的《不见》"匡山读书处，头白好归来"一联。最后一句"隔溪猿哭瘴溪藤"则是化自李贺《南园》"不见年年辽海上，文章何处哭秋风"。

通过以上的分析我们看到：诗人在创作的时候，对前人诗句的化用是相当多的，只要稍加留心随时都可以发现，而宋词化用唐人诗句的情况尤多。随举几例如下：司马光《西江月》“相见争如不见，多情何以无情”化自杜牧的“多情却似总无情”（《赠别》）。晏几道《鹧鸪天》“今宵剩把银釭照，犹恐相逢是梦中”化自杜甫的“夜阑更秉烛，相对如梦寐”（《羌村三首》）。秦观《满庭芳》“销魂，当此际，香囊暗解，罗带轻分。谩赢得，青楼薄幸名存”，也是化自杜牧的“十年一觉扬州梦，赢得青楼薄幸名”（《遣怀》）。秦观的《八六子》“倚危亭，恨如芳草，萋萋刬尽还生”则是化自李煜的“离恨恰如芳草，更行更远还生”（《清平乐》）。苏轼《念奴娇·中秋》“我醉拍手狂歌，举杯邀月，对影成三客”则很明显是化自李白的“举杯邀明月，对影成三人”（《月下独酌》）。杨无咎《生查子》“翠袖怯天寒，修竹萧萧晚”则化自杜甫的“天寒翠袖薄，日暮倚修竹”（《佳人》）。

关于『非制也』之『非』的猜想

《郑伯克段于鄢》一文在《左传》中的地位，正如《关雎》一诗在《诗经》中的地位一样。凡读《诗经》者，不可不读《关雎》；凡读《左传》者，亦不可不读《郑伯克段于鄢》（以下简称《郑》）。

《郑》文选材精当，布局工稳，包蓄蕴藉，意旨深远。特别是对人物的刻画，虽然着墨不多，却性格突出，形象丰满，可谓酣畅淋漓，入木三分。如果说《郑》文比较全面集中地体现了《左传》的风格，实属先秦散文中一篇出类拔萃的好文章，笔者认为是不会有人反对的，实际上，这种看法早就为历代作家和文学批评家所承认。正因为如此，各种古文读本在遴选文章的时候，不管条件如何苛刻，也大抵不会漏掉此文。

笔者每次在讲解此文时，都会情不自禁地陶醉于其高超的艺术技巧之中。不过，每次讲解又同时有一种“白璧微瑕”的不足之感。这种不足之感是由“今京不度，非制也”两句话所引起的。按照现在各家选本，这两句话几乎是同一个意思，讲起来难免有重复累赘之感，难以令人满意。今试举几种较有影响的注释版本如下：

不度：不合（先王的）制度。

非制：不是（先王的）制度。

（人民教育出版社《古代散文选》第2版上册第5页注⑫）

不度：不合法度。非制：不是先王的制度。

（王力编《古代汉语》上册第一分册第9页注③）

不度：不合法度。度：法度，制度。

非制：不是先王的制度。

（郭锡良等编《古代汉语》上册第127页注⑧）

在以上几例注释中，尽管有的将“度”训为“法度”，将“制”训为“制度”，但其实都是指“先王之制”，因此实际上是一个意思，所以人民教育出版社在其注释中就干脆将两个字同训为“制度”。这两个字前面的“不”和“非”也是具有同等语法功能的否定副词，因此不论如何从字面上加以区别，这两句话都只能是同一意思的重复，而这种重复在文章中既无必要，也不合《左传》的行文风格。

《左传》的作者究竟是谁，虽然至今尚未认定，但从其驾驭语言的能力来看，无疑应是当时的一流高手。历代的文学家和批评家们对《左传》在文学上的成就均给予了极高的评价，并视为后学者文章之楷模，“应在精读之列也”（梁启超《要籍解题及其读法》）。《左传》之所以受到人们如此青睐，自有其超卓之处。“深文曲笔，变化纵横，读千遍不厌也”（《古文观止》）固然是一个重要的原因，“言简而要”（刘知几语）、“字句精严”（刘熙载语）则是另一个重要因素。《左传》在遣词用语上的确是极为慎重、极为考究的，可说是字斟句酌，惜墨如金，因而是绝不会在文章中出现毫无必要的重复语句的。那么对“今京不度，非制也”这种叠床架屋式的赘句究竟作何解释呢？

既然作者不会错，那么肯定是我们读者错了。错在哪儿呢？笔者认为，错就错在对“非制也”一句含义的理解上。

且先研究一下“非制”的“制”字。在这句话之前，“制”字在《郑》文中已经出现过三次：“为之请制”，“制，岩邑也”，“先王之制”。前两个“制”均用作地名，指“制邑”（即虎牢关，在今河南汜水县和巩义市之间）；后一个“制”，很显然应该当作“制度”讲。二个“制”两种意义，那么第四个“制”即“非制也”之“制”究竟如何讲才好呢？各种选本均顺承第三个“制”的含义，训为“制度”。但这种讲法在意思上和前面的“度”字相重复，与《左传》的行文风格相抵牾，恐非作者原意。这样一来，剩下的就只有一条路可走：同于前两个“制”字，训为地点。也就是说，“非制也”之“制”不是指“制度”，而是指“制邑”！

但是，这样一来又出现了新的问题。把“非制也”讲成“不是制邑也”，这和“今京不度”在语意上可说是风马牛不相及，毫无联系，岂不又出现了逻辑上的混乱？

笔者想，问题的症结恐怕还在于“非”字上。那么

“非”字会不会是“亦”字的误字呢？看来，舛误的可能性是极大的。

第一种可能的情况是因字形相似而误。“非”字和“亦”字的篆体字形相去较远，不大可能相混，但是隶书的字形极为相似，只要“亦”那一横中间稍有缺断，就容易被误认为“非”。这种因字形相似而误认、误抄的例子在古书中并非罕见（如“三豕渡河”）。

第二种可能则是《左传》在流传的过程中，因“亦”字模糊或脱漏，后学者未能详审而妄添为“非”。《左传》成书的确切年代虽然众说纷纭，但成书于战国是比较可信的。其后即“遭战国寝藏”（桓谭《新论》）并罹秦火，遂至湮没。直至汉景帝时，河间献王刘德在河间设《左氏春秋》博士，《左传》才又现世。刘德于公元前155年受封为河间王，卒于公元前133年（一说公元前130年），是以《左传》再现当为公元前155年至公元前133年间事。若按徐中舒先生的说法，《左传》成书于公元前375年至公元前351年之间（见郑天挺主编《左传选·后序》），则《左传》在民间隐匿、流传的时间当在二百年左右。一部书经历这么长的时间，文字的模糊与脱漏是在所难免的。后人见有脱字未经详审而妄加，亦是情理中事。

第三种可能则是望文生训，妄加窜改。很可能《左传》之复出，“亦”字甚明。学者对“亦制也”之“制”未能详审，轻率地根据“先王之制”的意思，望文生义，误训为

“制度”，并认为“亦”字不通而妄改为“非”。这种改动，不大可能出现在汉代以后，极大可能出现在《左传》现世之初。许慎于《说文》序中说“北平侯张苍献《春秋左氏》”，康有为认为《左传》系“刘歆伪传”（见《新学伪经考·汉书艺文志辨伪》），虽均为揣测之词，但《左传》经张苍或刘歆之手而现世倒是极有可能的，因此对“亦”字之妄加、妄改，此二公当有极大的嫌疑。

假如“非”系“亦”字之误这个推论成立，那么“今京不度，亦制也”就应讲为“现在京邑（太大）不合先王的制度，也和制邑一样（将对国家构成威胁）”。这样讲，文从字顺，前后贯通，语意重复的矛盾也就解决了。如果再将上文联系起来，就更能看出这种说法的合理性。姜氏恶庄公而爱共叔段，当然想共叔段取代庄公而为郑君。她处心积虑地替共叔段打算，第一步就是为共叔段找一个可供其积聚力量以便实行夺权的基地。她首先看中了地势险要的“制邑”，当遭到庄公拒绝后，她紧接着又要“京邑”。姜氏为什么请“制”不成，又紧接着请“京”？庄公为什么不答应给“制”而答应给“京”？作者是通过祭仲的口来揭示其中道理并引发读者思考的。祭仲是一个忠于庄公而且头脑极为清醒的大夫。他对姜氏的企图看得一清二楚，也深知对于国家的安危来说，“京”和“制”都是举足轻重的要害之地，因此在看到庄公答应把“京邑”封给共叔段后，便不无忧虑地向庄公指出：“京邑地方太大，（其对国家构成的威胁）

也和制邑一样，（现在您把京邑给了共叔段）您将要碰到麻烦了！”读至此，我们终于明白：姜氏之所以请“制”不成接着要请“京”，并非随意，而是早有准备。她首先要请“制”是因为“制邑”险要，但她也猜到庄公不会答应，作为第二手准备，她选中了和制邑差不多的“京邑”。她的这些心理活动，《左传》作者并没有进行正面描写，而是通过祭仲之口道出“京”和“制”差不多这一事实，让读者去揣摩，去体味，去联想！

从郑庄公这方面来看，他之所以答应给“京”，似乎是出于不得已，因为他在拒绝给“制”时曾说过“他邑唯命”的话，身为一国之君，不可言而无信，故姜氏请“京”，他只好答应。事实果真如此吗？

绝对不是。庄公在这个问题上的用心之险、之深，作者正是通过祭仲和庄公的对话来揭示的。当祭仲明确指出“京”和“制”都差不多这一事实后，庄公的回答是：“姜氏欲之，焉避害？”读到此处，我们不能不思考这样一个问题：对于姜氏的“请制”，庄公既然能够拉下脸皮，断然拒绝，为什么对于“京”又不能“避”呢？通过分析，我们终于明白：这正是庄公蓄意除掉共叔段，又要不露声色、名正言顺所采取的一个“将欲取之，必先与之”的策略。他给“京”是故意的、早有打算的。“将欲取之，必先予之”，诱使其犯罪，以便除之！其实，庄公不但知道“京”和“制”都差不多这一事实，而且对此更清楚，“京”到底不及“制”险要，且离国都较近，容易控制。既可以让对方利用，又便于己方掌握，“京”实在是一个理想的地方！祭仲只知其一，不知其二，能看透姜氏，却看不透庄公，更衬托出了庄公的老谋深算。姜氏智计更不及庄公，自以为得逞，反而中了圈套，其失败也就并非偶然了。

至此，我们当看到，“亦制也”这句话所起到的作用实在不是“非制也”这样一句赘语所能代替的！“亦制也”不但为姜氏的请“京”作了一个很好的注解，而且为庄公的工于心计作了陪衬。这句话在姜氏、祭仲和庄公这三个思维层次中正是起了纽带作用，前后照应，上下勾连，使文章显得更为严谨，更有起伏，也更深沉！《左传》之“高深若山海”（贺循《纾考》）不正是从这些地方体现出来的吗？

当然，笔者的以上分析还只是就文章本身而言，尚缺乏有力的佐证，纯粹属于猜想，但也并非没有道理，故提出以备一说，以俟行家批评。不过，笔者想，如果没有长沙马王堆出土的竹简佐证，我们至今不是还要将“触龙言”认作“触詟”吗？

图书在版编目（CIP）数据

静斋随笔/李楚仁著．—广州：暨南大学出版社，2014.10
ISBN 978－7－5668－1117－2

Ⅰ.①静…　Ⅱ.①李…　Ⅲ.①随笔—作品集—中国—当代
Ⅳ.①I267.1

中国版本图书馆 CIP 数据核字（2014）第 188664 号

出版发行：暨南大学出版社

地　址：中国广州暨南大学
电　话：总编室（8620）85221601
　　　　营销部（8620）85225284　85228291　85228292（邮购）
传　真：（8620）85221583（办公室）　85223774（营销部）
邮　编：510630
网　址：http：//www.jnupress.com　http：//press.jnu.edu.cn

排　版：广州市天河星辰文化发展部照排中心
印　刷：广东广州日报传媒股份有限公司印务分公司

开　本：890mm×1240mm　1/32
印　张：4.625
字　数：90 千
版　次：2014 年 10 月第 1 版
印　次：2014 年 10 月第 1 次

定　价：20.00 元

（暨大版图书如有印装质量问题，请与出版社总编室联系调换）